青青 著

王屋山居手记

前　言

青青如画

艾　云

2014年12月，北方中原已有料峭寒意。我从广州飞往郑州应邀参加青青新书《落红记》的首发式和作品研讨会。下了飞机往出口处走去，凭感应，我与接机的青青会心一笑。这是我们第一次见面。

我发觉青青很有英伦风格。她仿佛是从英国约克郡塬上走来的女子。但见青青穿的是浅杏色碎花衬衣，领口缀饰着翻卷的荷叶边；一条浅褐色长裙外边是做工精良的棕黄色呢子大衣。就连脚下那双扣眼系带皮鞋也是深黄色的。这都是秋天的色系，衬着青青白里透红的肤色，非常耐看。青青一头如瀑黑发披散开来，有几缕不时会被风吹着半拂面颊，但这掩不住她明亮的眸子。我发觉她的眼睛很有内容：有些羞涩，又有几分妩媚；有着内收的敛聚，又有调皮诡谲的放逐奔驰感。她的确颇像英国女作家奥斯汀和勃朗特三姐妹笔下的女子。

这是第一次见青青时她留给我的印象。以后熟了，发现直觉真是不骗人。她身上的确有茫茫塬上如鹿般飞趱的生命意趣，又有着从大自然中生长出的柔韧而浪漫的想象力。英伦风范的女子，不像法国女子那样狂放不羁；她们隐忍内敛、沉默，却阻遏不了那洋漾的心绪。

来之前，女友刘海燕打电话给我，说代青青邀我参加她的一个研讨会。青青是谁？恕我孤陋寡闻。青青原来是我师妹，只是她在新闻系，毕业以后又在南阳和兰州待了不少时间，我们错过了相识的机会。我对海燕的一切都信赖，她推荐的人肯定没错。我问海燕，你和青青相熟吗？她说，那是当然，你认识我，就等于认识了她。海燕一向惜字如金，她说的青青，一定不是俗人。

直至见到前来接我的青青，我认为正如海燕所言。我们马上去掉了一切陌生感。

车子载着我们一路向济源奔去。

到了以后，我见到许多老朋友：鲁枢元、李佩甫、何泓、刘先琴、张平、杨锋等人。喜出望外。每次回故乡，都感觉在温暖的包裹中。

《落红记——萧红的青春往事》研讨会开得非常成功。

先前我已读过青青寄来的这本书。

青青在寻找萧红，她在寻找生命的共鸣。她看到一个女人，一个女作家那辛酸而无助的挣扎感。对,挣扎感,手向上伸着,谁能将我拽出无底的深渊?萧红的《生死场》《呼兰河传》奇崛飞逸。青青贴着萧红去体会,去反刍,她把自己写进去。她说,那么多人写萧红,我唯写出与萧红的神遇,才觉到写作的必要。

青青不会功利地选择什么,她凭生命的直觉,写别人,同时写自己。

散会以后我们游览济源。先去看济渎庙。古时中国四大水系,黄河、长江、淮河之外,便有济水。而济源正是济水的发源地,可以想象其历史之悠久。后来济水被改道的黄河给挤走了,但济渎庙留下了。我们看到济水的源头,看到院子的一个亭子,前边的雕栏竟是隋朝的遗迹。

在河南,处处是历史遗迹和浓郁古意。

然后我们准备进山,去有名的太行山脉的王屋山。

王屋山太有名了,在中国古籍《列子》里,这里早已有了"愚公移山"故事的出处。一切不是空穴来风,山里尚有愚公洞、愚公井、愚公壑,并且留有当年挖掘块石移山的痕迹。

进到山里,但见山势巍峨,山脉连绵,林木繁茂而扶疏。天气虽已初冬,树仍未全部凋零,那深绿、老绿、浅杏、深褐色叶脉层层叠叠,让人满眼看到的都是五彩斑斓的景致。山风吹来了,飒飒作响,时而惊涛拍岸,时而幽广散款。这正是青青现在这本《王屋山居手记》中记叙和描摹的一切。

我陶醉在自然之美中，有种震撼感，可又直觉自己口笨手拙，难以摹其一二。青青却是可以的，她有心到手到，刻画人事、山川景致、历史全都生动鲜活、如在目前的能耐。她下笔，蘸着饱满浓郁的色彩，那钢蓝、靛紫、青灰、乌蒙、菊黄、浅白，都闪着夺目之光。

她在济源待了五年，她对这里的一切充满了深深的眷恋。《王屋山居手记》是她为自己五年记者生涯留下的一本纪念册。山川河流花木兀自立于风中，若无摹状，它们会流于忘川。表达呈现了，一切便镌刻在记忆的史牍中了。是的，青青必须为济源、为王屋山写些什么，这是内心的召唤与应答。手记王屋山，这是触及与打通——触及灵魂深处最柔软的核心，又将与自然亲近相偎的神秘暗道打通。

王屋山承载了她生命中太多的痛与爱。

我读到青青写自己处于黑暗中的孤独，止不住眼泪。我何尝不理解？敏慧的人，会体验很多疼痛与虚无，却又不想走到人声熙攘处去消磨时光。只有借助文字，才可以托撑自己几近倾覆的舟。我们比一般人幸运，是由于可以书写，这让我们挨过许多似乎挨不过去的日子。

实在难过了，厌烦了，就到山里走一走。这翠玉般蜿蜒逶迤的群山，在缄默中诉说着千古的传奇。那深埋在千万里山岚云烟之中的，总是树。而树上树下总有花，村庄掩映于青黛色之中。

花树与山峦的隐约处，有道观和庙宇。青青看山、访树、莳园、种花，享受大自然的慷慨馈赠。

王屋山的微风摇叶、轻露拂阶被她写过，翩翩飞蝶、初萼落木被她写过。她写那黄栌枝："树心是橘黄色的，像一个尘世的诗人，心里藏着万千风云。"如果夏天砍来黄栌树煮水染布，染好的布做衣穿上，橘子的香气可以从身体里一缕缕散发出来。

她写那红色的果实："……总是最招鸟。她抱着这大柿树用力摇晃，小红灯笼乘着风，一一落地，有的碎成红泥，有的完好无损。这像在噩运面前的人，有的自尽，有的苟且偷安。我们扑向苟且偷安的，放进嘴里，又凉又甜，简直就是青春期恋人月光下的嘴唇一样，性感又纯洁。"青青的这些句子，也是又性感又纯洁。

青青仿佛百花使者，她笔下有过太多的花。

我粗略数了数，她写过绣球花、蔷薇、桂花、端午锦、石榴花、睡莲、雏菊、凌霄花、茶蘼花、山茱萸、菖蒲、木槿、鸢尾花、海棠、蜡梅、合欢、水仙、茉莉等等，无尽其数。就连草药中的花也被她收入香囊：紫苏、香薷、白芷、细辛、辛夷、连翘、紫花地丁、重楼、青黛、白薇、商陆、佩兰、香橼、紫珠、半夏、降香、紫菀、苏子。有两味中药——徐长卿和刘寄奴——在青青笔下，活脱脱一青衫男子和一端宁妇人的模样。青青笔致跌宕，时而花，时而人。她写辛夷花时，写了一个女人，追随为她治好鼻炎的郎中，竟抛下原来的生活秩序，跟郎中在山里过了三年。她写村里两棵有来历的皂荚树，1958年浮夸风中要炼铁砍树，积极分子三娃在砍树时从树上跌下触石而死，指挥砍树的村长则夜夜高烧不退，净说胡话。冥冥中，树如有造化的精魂，任何违迕自然的荒谬，都可能遭到报复。

青青全部的感官都恣意开放，一切的气息和味道，色泽和光线，都在她文字的抚摸中无限传递和盛放，弥漫天穹和宇宙。

刚开始我有些纳闷。青青干的是新闻记者的工作，每天与人打交道。况且，她有出色的记者能力，可以敏感地发现线索，深度挖掘，报道事件的本质要义。况且，她有极强的社交能力，为人因侠气而友朋相拥。但她总是会退转身来，面向那个薄寒禅意的世界。她有着执拗的对自然的偏爱，对出世之法的体察。后来我才明白，空冥与实在，无形和有形，超验和经验之间，本无横亘的绝对阻力；能打通者，才更有张力，更有自由裕如、腾挪跌宕的纵横飞拔之张力。

就比如青青的爱美、时尚，与她质朴、笃厚的性格形成反差的张力一样。

王屋山风的吹拂，一定让青青感受着冥冥中的形而上。于是，这感觉延伸到精神底部。

青青说她有时喜欢到寺庙走走。有心的青青，在经年累月中，竟也陆续写了《访寺记》的文字。

我知道青青在访寺并写下手记。

某一次我在广东惠州采风，来到了一座奇异的飞来寺。寺庙上盖冠的是一块巨石，而庙中女主持的独特经历令人称奇。于是，我打电话告诉青青，不妨来此处一访。

大概是2016年春天吧，逢着青青的报社在广州开会，会后我们踏上南方访寺之旅。惠州作协主席陈雪和惠东文联刘东接应。我将青青介绍给我广东的朋友时，觉得特有面儿。青青的亲和生动与温暖义气，让她可以迅速成为可引为深交的朋友。我们度过了几天难忘时光。青青此次访寺一文，收在了惠东辑录的一本书中。

从惠州回广州以后，刘海燕也从郑州来广州。我们三人开始访广州的光孝寺和六榕寺，然后又到新兴的国恩寺。

青青问佛访寺，不是皈依一种具体的宗教，这只是她慧根之中生发出的那脱俗清雅的一枝，如竹，如兰，如梅。她寻求救赎吗？在我看来，携着真善美，她有明媚温煦的笑靥，有古道热肠的担当，便是光芒焕发，照亮周遭了。

回到广州，她们俩就住在我家对面的凯扬酒店。我们三人有了整块时间聚在一起，有说不完的话。

我们谈起了小时候成长的环境。

青青说她在南阳乡下奶奶家长大。她家住在村子的最西头，距离村子第一户人家有五六百米的距离。被蓬蓬槐树掩映着的是她的家。孤零零的房舍，住着奶奶、大黄狗和青青。空廓的原野与乡村，夜幕四合时，漆色如堵，一个孤独而早慧的女孩子该如何度过漫漫长夜？青青说她从小体会着自然的神秘与恩惠，她在与自然的低语和对话中，凭借禀赋与造化的力量，汲取着天地间的领悟。

海燕很少说自己的童年。在亲近的女友之间，她说到自己豫东乡下的家。急公好义的父亲丢掉城里的工作，被贬乡下。他依旧是把自己家的事放置不顾，忙别人的事。愁苦的母亲有着哀与怨。海燕记忆中的寒冷与饥饿，如躲不过的罡风。海燕领会着生活的难堪，却有一种远逸高贵的精神气质。她不说话时，单薄而安静；一旦发言，只觉周边被光芒笼罩，气场强大。

而我呢，在古城开封长大，深谙民间社会三教九流之真相。若说早熟，皆因了父辈蒙受政治击打带来的惊心动魄的恐惧感。

我们无论生在乡村或城市，都处在低地，过早品尝生活艰辛。因此后来我在青青文字中看到她写出身薄凉寒微的字眼时，心里咯噔一下，有一种揪紧了的疼。

若是做一片面的比较，青青体会着孤独，刘海燕经历着哀伤，我则是被恐惧所袭。

青青在孤独中发展着她无边无际的想象力。它可以穿透物理介质，向着澄澈与神圣之境飞升。唯大自然给了她保护与恩典，让她免受伤害，这正是她视自然为图腾而崇拜的根源。因此她写下这样的句子:"我对植物的好奇超过对人类与政党的好奇。"这话说得率性而洒脱,审美主义使者立现。

而刘海燕被绝对的困苦与哀伤攫过,她如乡间柔韧的野草,倔强生长。谁都不了解那个沉默的小女孩有怎样丰沛的内心,乃至她长大以后,将哀伤化为深情。她念兹在兹地体验隐秘与幽微,一旦言语,便有清醒的判断与出色的命名能力。她聪颖敏思,却淡泊如菊,内藏锦绣、低调内敛。她一旦言语,便是发自肺腑,没有学究腔调,一语中的。

而我呢,无论何时总有恐惧和危机感的缠绕,这让我学会的是面对问题该如何解决的方法论。我一旦开笔,总是想寻找人与事背后的那个本质与真相。

应该说,我们都有中原女人常处低地的朴质与羞涩。我们只做自己喜欢的事,就足够了。

低地女人,会向高处仰望,希望通过自身努力改变低微卑贱的命运。我们不任性,不耍小脾气,因为没人理会你的矫情。青青说,我写作,连发表的奢望也不大多,也远离文坛。我写作,是自己需要,让日子不那么荒芜。写作,是从低地向高处仰望,望见最珍贵的东西,不待见赝品。

关于低地与高地,又仿佛是与出身无关的。一棵树上,总有分叉,这奇异一枝,不要求土壤和水分,似乎什么都可以化为养料,包括贫穷、疼痛与伤害,都是滋养。

似乎总在找机会相聚。

2017年深秋，我和海燕、青青，以及从北京专程赶来与我们会合的诗人温洁在郑州相聚。我们在短短两三天时间游览了巩义与荥阳两地，看到杜甫、李商隐、刘禹锡的遗迹和纪念馆，看到北宋偌大的帝陵。有一夜，我们四人到慈云寺住下。万籁俱寂中，风与树、山与寺，如此新奇而空冥，这是一次难忘的体验。

我对青青说，我今后一定要多回河南老家走走，我需要对她有更多了解。

青青将我的这句话记下了。

2018年秋天，已调到三门峡记者站的青青约我回去参加一个活动。原来，我们的老师鲁枢元教授应邀为三门峡市委市政府公务人员开设"城市与生态文明"的讲座。我和李小江老师等人从外地赶来，忝列其中，一起参加三门峡的采风活动。

我当然知道这是青青为朋友们创造的一次相聚机会。

三门峡，赫赫有名。至少六千年以前的仰韶文化的发祥地。

到三门峡的虢国墓参观时，看到那九千余件从地下发掘出的周代遗存，无论是大鼎还是小樽，无论是编钟还是饰物，那一件件青铜器，无不闪着庄严而雄浑的宝绿色光泽。这光穿透几千年的烟岚雾霾，吹送着温婉谦逊、克己复礼的君子之风。这是西周的文明，礼仪之邦，乐声不绝。这是揖袂而俭让、躬胕而酬酢的文明。虽礼刑并重，却是礼乐取代杀戮、文明战胜野蛮的历史进步。

我站在那里，眼观着一切，为八荒之野上中原的文明所深深震撼。

感谢青青为我们创造了一次了解河南故乡的可能。

晚上，我们在一农家场院吃农家菜。李小江提议，为感谢青青的美意，我们每人谈谈对她的看法。我说，青青身上有种矛盾的和谐，她时尚懂美，却又质朴无华；她对大自然有种出世般的敏感热爱，却又入世老到洒脱干练；她禅意虚渺，却又不排斥生命跃动的幽微神秘。这是有差异的两极，而能将极端品格融为一体的，越有张力，越阔大，在无限的空间里，才能生长出一个内蕴丰富而趣味盎然的灵魂。

这是我脱口而出的心里话。

但青青说还是希望我对她的写作提些建议，该怎样改进。

我想了想，说，如何从自然叙述向历史叙事转变，进入思考的纵深地带，这是一直困扰我的问题。我将自己的疑惑谈出来，这兴许是我们都可能面临的挑战。

话可以这么说，要落实到写作上可是真难。要知道，周围的一切，不利于写作的事情太多，而有利于写作的因素又是太少。青青已经做得很不错了，她总能将不利转化为有利。比如，作为记者，她必须在外部世界逗留；可我深知，在外跑得太多不利于书写。外边楚楚天光、人声鼎沸，会稀释语境。睁开眼睛想写些什么，却是懵懂。随着年龄增长，被撞击的感受力越来越少。可青青却在出色完成本职工作以后，总能迅速摒弃嘈杂而入致远。她能创造一种虚白清空的语境。她的文字典雅清丽，拈花微笑中如坐佛龛。

自然如图腾崇拜，何尝不与历史照面？当年楚国屈原吟《离骚》："扈江离与辟芷兮，纫秋兰以为佩。""余既滋兰之九畹兮，又树蕙之百亩。""朝饮木兰之坠露兮，夕餐秋菊之落英。"

香草美人，无不是君子狷介之高风。

当年魏晋嵇康，生活于河南，他赞猗猗兰蔼，殖彼中原。绿叶幽茂，丽藻丰繁。馥馥蕙芳，顺风而宣。

嵇康吟不尽芳菲，琴断《广陵散》，披发而去。也正是：人之无常，命之成败，序之生死，皆由树石花月诸自然况景为之隐喻。

文字女人中，有一种人携带着野猎凛然的危险力量，这的确可以撞击人们的中庸沉闷。这样的生存，可能在故事中显得纵拔冷峭，我却知道，故事非我所能，只是希望安静地坐下来，写下最近的体会。

许多人都说青青的文字深情而唯美。实在说，美学比历史更重要更永恒，只是在差强人意的生存中，必须先要廓清常识的地盘，先要将美学放一放。

若是让我找一种花来形容内外兼修的青青，我执拗地以为她是石楠花。那是勃朗特姐妹笔下常见的花儿。沿着石头房子，走过鹅卵石阶和濡湿的青苔,在尖顶教堂的后边,在无边的旷野中,可以看到钻出石缝和岩隙的石楠花。她对土壤的要求极低,生命极其顽强,在贫瘠和压抑处,她仍然开放出珍珠般晶莹的朵瓣。

我生长,我挣扎,我描述,这足够了。

2019年3月11日

目 录

壹 看山

003　山静如太古，日长如小年
014　谁把黑暗照得透明
025　你在光里倾斜身体
033　树树皆秋色，山山唯落晖
044　山里来信，山花落得很厚……
048　草药恋，徐长卿和刘寄奴
053　月亮和花朵都会尖叫
060　十月蟋蟀，入我床下
064　我们的身体里住着一只蝉
070　龙踞谷里的桃源梦
072　今晚的月色真美……
074　风声和博尔赫斯谈话录
078　雨里青山梦里人

080	山谷里盛开的白莲花
081	橡树上的星宿,在马厩里跺脚
083	一次非专业的访茶行
093	我鼻子里的怪东西
099	不是秋刀鱼之味,是秋之味
103	谁的身体里不奔流着自由饱满的河流呢

贰 访树

121	皂角树长满了山沟
124	孤独岭上的辛夷树
132	茫茫一生皆是白呀
135	我欠梅花数行诗
139	一树白羽鸟在振翅
143	那年,雪下了五天五夜
148	突然消失了的山村
155	桧柏间,月亮大如明镜
160	故人住在紫微宫
166	母亲的手从菩提树上落下
172	吃茶去,吃茶去——
177	大槐树上住着妖精

叁 莳园

- 185　一株是桃树，还有一株也是桃树
- 189　长了腿脚的葡萄
- 191　白衣少年的纯洁与野蛮
- 193　一座长牙齿的蜜城
- 196　东南偏南，也说桂树的方向感
- 199　后妈与后爹
- 201　何夜无月？何处无竹柏？
- 204　喜欢自由主义的，不只是青藤
- 206　一棵自言自语的树
- 209　我和林黛玉灵魂的通道
- 212　我心固匪石，君情定何如？
- 214　左手蜡梅，右手白菜
- 218　分明说给梦中人
- 222　不如叫她冬生吧
- 224　丁香打结我自空愁
- 227　和你一起站在杏花下，不说话
- 229　不言说，但相思
- 231　一朵深渊色
- 233　在黑暗里静默或者睡去

236	一场不动声色的晚雪

肆 种花

241	谁在用南阳话问我，喝汤了吗
243	你是被宠爱的指尖
245	十分冷淡存知己
251	在一朵玫瑰上花费的时间
256	桃花开了，才是春天
261	田野上荡起黄金波浪
264	谁配活在有牡丹的世界上
268	禅是一朵荷花
272	睡在水波上……
275	吃进身体里的槐花
279	路旁木槿花，马儿一口吞掉它
283	俏荆芥反对雾霾病
287	找个胖辣椒结婚
291	猫、蜡梅叶子和棉花
293	哪一棵草模仿狼尾巴
296	白棉布上住着的春天

303	**后记**

壹

·

看山

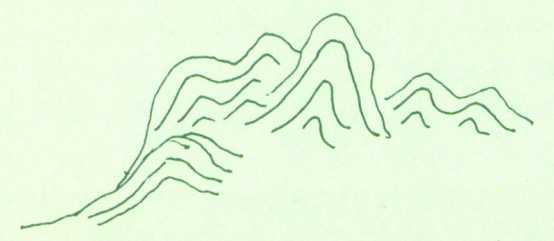

山静如太古,日长如小年

进入中年之后,总是在深夜里突然醒来,没有梦,也并不急着上夜。静静躺在黑暗里,这是深夜,屋子里黑沉沉的,窗外是更广大的黑,我以为世界此刻是静的。但并不是,房间里嗡嗡的声音,应该是冰箱,它在不停地运转。黑暗里还能听到公路上偶尔驰过的汽车,轮胎擦着马路沙沙的声音,还听到"叭"的一声,应该是车子驰过凸起的路面。更远的地方,好像有人在呼喊,压抑而缥缈。这一声"啊",好像不是从嗓子里吐出来的,是从心脏深处徐徐吐出来的。

我没有住在深山,我只是住在深山褶皱的小城市里。这里距离南山不到十公里,距离王屋山四十公里,距离孔山(其实也是王屋山的余脉)也就十公里,距离沉沉东去的黄河只有二十公里,距离喧嚣的郑州一百二十公里。机缘巧合,我被放逐到这里。我曾经一个人蜗居在单人房间里默默流泪,孤独袭击着我。有一天,雨过天晴,我看到了北边的太行山,钢蓝色的,蜿蜒透迤,从西边像画家的水墨一样拖到东边,还有南边也有山,是翠玉一般,满山是槐树。济源这个小城被山轻轻合抱进来。不知道为什么,看到自己住在山的合抱里,莫名地开心起来,因为打小自己就住在盆地里,南阳盆地。

在槐花开的五月,我进了南山。南山到处都是游客,他们骑摩托车,骑自行车,还有成团的人在捋槐花,南山槐花节的横幅在路口上飘扬着。所有的山都被旅游了,宁静也随之打破,随着人流与旅游开发,噪声开始侵入。西雅图酋长在写给富兰克林·皮尔斯总统的信中说:"如果在夜晚听不到三声夜鹰优美的叫声或青蛙在池畔的争吵,人生还有什么意义?"但这句话对现代的中国人来说,简直是笑话,他们不愿意听鸟叫,更不愿意听青蛙叫,他们的耳朵已经结上了厚厚的痂,只听到股市那让人心跳的潮水呼啸声、堵车时汽车不耐烦的喇叭声。大自然不过是他们沮丧或者失意时的借口,所谓终南捷径是也。

寂静是什么?它不是没有声音,而是充满了自然的声音,不是人类的噪声。所有出生在乡村或者山村的人都有这个经验,黄昏来临,月光如水,虫子们开始了一天最快乐的鸣唱。这时候的大地是那样温暖寂静,好像一个慵懒的母亲,自由而放松。蟋蟀与油蛉子进行着多声部的合唱。蟋蟀的叫声也有着区别,有"吱吱",有"嘻嘻",也有"叽叽",有叫的时候明亮高亢的,也有低沉浑厚的。油蛉子却是一味地"铃——铃——"地响着。如果人突然走过,他们几乎同时停下叫声。这时候黄昏是那样寂静。前面的蟋蟀声音,尾音还飘散在空气里,后面蟋蟀振动翅膀的声音即将开始,空气像有波纹的水面,在动荡里渐渐平静下来。

  王屋山深处有座华盖峰,山峰对面就是紫微宫,紫微宫已经颓败,只剩下唐代的一段土墙。但山门上住着道姑盛理兴。我是秋天和同事陈辉采访时顺路去了紫微宫,看完要离开时,手刚刚抚上大门,楼上下来一青衣道姑,她头发乌黑,眼窝深陷,眼睛异常明亮。她冲着要离开的我们说:"且等等。我做了一个梦,梦里师父说有人过来。好不容易醒过来,没有早一步,也没有晚一步,就碰上你们了。上去喝杯茶哟。"一行人互相看了一眼,跟她上楼了。那天刚刚下过雨,她的住处云雾缭绕。木门,对着门的条桌上供奉着玉皇大帝,一支香还在袅袅地燃着。掀开布门帘,是她的住处兼茶房,一床,一桌,一凳,旁边有一竹箩筐,里边放着她正在做的针线活计。我们坐下,听到山风刮过窗棂,发出"扑拉——扑拉"的声音,她说:"晚上才静呢,附近山里猴子争吃东西都听得清楚,还有那股小溪流一路流下来,一会儿'咕咕',一会儿'嘻嘻',山鸡半夜里都会被黄鼠狼惊得嘎嘎地叫起来。"我出神地听着,想她一个人住在深山,不知是否寂寞。她指了指玉皇大帝:"有神护着我,我一点儿也不害怕。"她说,冬天的时候山里的鸟和猴子缺吃的,有时都会来找她,她会在门口放一把小米,或者一个供桌上放蔫了的苹果。有一只猴子特别调皮,吃完了,站在门口不走,小手轻轻叩门,嘴里还发出"呜呜"的叫声,理兴只得出门,再给他一只苹果。嘿,这小家伙抱上苹果就跑了,头也不回。

那天我们住在王屋山下的一家招待所,天黑下来,山谷里是真正的黑暗,感觉到黑暗凝结成一团,有了重量。我们走出门来,但见门口的照明灯上,千万只蛾子向着灯光撞击,在光柱里团成了一团。那个灯泡已经不再明亮,被蛾子身上的荧光粉涂了厚厚一层,半明半暗地在大风里摇晃着。离开这家招待所几步,人就沉入黑暗里了。山谷很深,两岸的山峰黑沉沉地耸立着,突然一道闪电,"嘶啦——",像是丝绸被巨手撕破,这是我第一次听到闪电的声音。接着是雷声,"哐棱——隆隆——",雷声停下来了,山谷里蕴满了寂静,那是太古初开、洪荒生成、宇宙新生的寂静,这寂静里又有万千的动荡在生成,人不由得缩了一下身子,把自己缩在一角。这静是有压迫感的,起码是有千万吨的,我们必须缩小下来,才不至于被压着。风从山谷另一边吹过来了,我们脸上没有感受到风,只听到树林里哗哗呼呼的声响,风翻动了树叶,吹弯了小树,撼动了大树的枝条,风推动着一切向着我们扑来。风的舌头是凉的,先在我们脸上狠狠舔了一口,然后推动我们的身子。人在这样如同太古的寂静里,是会生出恐惧与渺小感的,我们缩得更小了。有人小声嘀咕,回去吧,回去吧。但还有人坚持着说,再感受一下黑暗与寂静吧。雨在另一番闪电与雷声里下来了,啪地打在脸上,又凉又痛,还有点麻,难道雨水里有电流?更多的雨点追击过来,脸上、头上都开始被拍打着,我们抱头鼠窜,跑进招待所里。

我家一直养着一只白猫,已经养了六年了,她是从老家我哥哥那里抱过来的,来时还没有满月,弄了个奶瓶给她喂奶。她是安静的猫,几乎从来不叫出声,我写东西,她安静地蹲在书桌边,紧紧靠着手提电脑,大眼睛认真地盯着我的在键盘上翻飞的手指,好像这键盘下面藏着一只看不见的老鼠。看的时间长了,她也有点困了,就歪着头睡着了。有人说爱养猫的人喜欢安静,这不知道有没有道理。我喜欢猫,是从童年带过来的习惯,那时就有一只黑白花猫,陪了我十年。我奶奶住的地方是在村子的最西头,房子就在田野地里,让人感受最深的就是寂静。夏夜里就睡在大梨树下面,萤火虫儿成群从草丛里冒出来,低低地飞着,星群在更高远的天空里,好像也在游动着。在我恍惚入梦的时候,我几乎分不清,哪些是星群,哪些是萤火虫。夏天的夜里会有猫头鹰低沉的咕嘟咕嘟的叫声,还有月光在木槿花上掠过的沙沙声,草蚊子偶尔的嗡嗡声……后半夜,露水下来了,在梨树叶子上凝成露珠。这露珠越凝越大,单薄的梨树叶子终于禁不住了,"哒"的一声,露珠正落在我的额头上,我醒了,揉揉鼻子,继续睡过去了。如果是雨后，田野和水沟里的青蛙高低相和，叫得可欢了。"呱——啊——呱——"田野因了这声音变得更加宽阔与广大，星垂平野，月笼轻纱，青蛙的叫声被更广大的原野与黑夜吸收了，再回到我耳朵里就像梦幻一样若有若无。如果在秋夜，田野里蟋蟀和秋娘的叫声密集又明亮，大地缓慢地升高，人也跟着上升。蛮鸣虫唱，黑夜漫长，人在梦里梦外都是恍惚不定的，好像躺在一张旋转上升的巨幅魔毯上，浮在高高的秋夜中。

童年生活留给我的后遗症之一就是喜欢寂静，这是在我中年之后才慢慢悟到的，但我在城市里已经无法寻到寂静。无尽的人流，拥堵的车流，即使是在深夜，大街上仍然是拥挤的。在城市里，我永远都感觉像是个过客，找不到安定的存在感，好在我选择的小区非常大。小区是房地产还处于星火阶段的本世纪初开发的，北环之外的地很是便宜，地产商在小区中心挖了一个大湖，遍植柳树与荷花，中间还堆以假山，植以樱花、桃花、紫藤等等。另外，环小区还有寨河，以隔开别墅、联排别墅和"平民区"。因为有水，小区里的植物格外繁茂，有水有树，鸟儿自然也很多。虽然近几年比鸟还多的人涌进小区，小区快成了一个杂乱的小镇，但我仍然舍不得搬走，因为在这个小区里，我还能偶尔找到残存的宁静。必须在春夜里十点之后，小区里的大部分人都开始沐浴就寝，湖边开始宁静下来。湖水里有影影绰绰的柳树的影子，如果是春分之后，还能听到青蛙的叫声。

湖边的竹林、丁香、桃树和杨树都睡过去了，青砖铺的小路在夜色里飘忽不定，好像也入了梦。青蛙不叫的时候，你可以听到丁香窸窣着打开自己骨朵的声音、树上灰喜鹊睡梦里咕哝的声音、湖里的鱼突然跃出水面啪啪的打水声，这些都使夜晚那样寂静。凝神聆听，可以听到夜晚深长的呼吸，还有缓慢的心跳。有雪的冬夜也是格外寂静，湖边寂无人迹，雪打在竹叶或者小灌木上，沙沙唰唰，好像有无数个小兽一起奔跑着，应该是银狐狸吧，轻巧的脚步像猫一样寂静无声，毛发银白雪亮，扫过的大地都开始发光。雪慢慢厚起来，脚下发出奇怪的咯吱声，好像踩在青蛙的滑的凉的脊背上，这白色的青蛙"吱"的一声，从脚下滑走，更多的青蛙等在前面。雪夜里，万物都存在，又像是随时会消失。雪修改了他们的形状与曲线，使所有事物都圆润丰满，柔软纯洁。这些深沉的寂静可以让人突然想到生命的终极问题，比如自己到底是怎样来到这个世界上，又是家族里哪一个人遗传给了自己头发与皮肤？在我之前的那个"我"到底是个梅花鹿还是一朵花？寂静使我更深刻地感受到了自己。"通过寂静，我们战胜了时间"，这好像是一句诗。当完全的静默包裹着一个人，这个人是可以与宇宙万物沟通的，我们不仅听到大自然的声音，还可以听到更广阔的宇宙的声音，我们再度看到星辰的狂喜。

恋人间的寂静比满嘴的甜言蜜语更加有意味。顾城说："我们站着，不说话，就十分美好。"那是相爱的最高境界，心意相通，不用言语。言语在最美好的事物面前都是无力的。比如春天，桃花、杏花、玉兰、海棠，花像波浪一样涌过来，你站在她们面前，说不出一句话来，任何话都是愚蠢而不恰当的。她们的美，语言描摹不出其十分之一。两个有情人，只要相遇，他们身上的电波与磁场都在噼里啪啦地互通，更不用说眼神，顾盼之间，已经说尽了千言万语。那一回眸的风情，那眼波流转，那嘴角的微微笑意，那低下头的脸红与发窘，比一万句"我爱你"都要动人。两个沉默的情人，比一对叽叽喳喳的恋人更得人心，智利诗人聂鲁达在这个问题上与顾城所见略同，他说："我喜欢你是寂静的，仿佛你消失了一样。你从远处聆听我，我的声音却无法触及你。好像你的双眼已经飞离远去，如同一个吻，封缄了你的嘴。"这种内心相通、精神默契的境界其实是情人间最高的境界，他们已经不需要用语言来表达自己，他们对对方的爱有着高度的信心，也无比信任自己的爱情。"你的沉默明亮如灯，简单如指环。你就像黑夜，拥有寂静与群星。"所有的美都需要想象加入，想象的空间越大，美感就越发酵。只有寂静才能激发无尽的想象。这样的寂静里含有高度的精神默契、心灵相通、智慧的无上领会。禅宗不立文字，起于世尊在灵山会上拈花示众，是时众皆默然，唯迦叶尊者破颜微笑。此为佛教禅宗以心传心的第一公案，后以喻心心相印、会心一笑。

在济源期间断断续续在看的一本书是美国人戈登·汉普顿的《一平方英寸的寂静》。声音生态学家汉普顿，背着录音器材从城市出走，横越美国，一直到达华盛顿，为拯救奥林匹克国家公园霍河雨林里一平方英寸的寂静，寻求立法。中国人其实正在失去最可贵的资源，那就是内心的寂静和大自然里不受现代化噪声污染的寂静，在轰轰烈烈的城市化运动中，寂静正快速退缩。就在不久前，我和老师去了西双版纳曼迈古茶山。已经是深夜十点钟，并肩站在庭院看星星的我们，仍然听到远处机器的轰鸣，还有歌厅里茶商们空虚的身子发出的歇斯底里的歌唱。资本带着隆隆的巨大响声正在从东部碾压向西部，内陆碾压向边陲，所到之处，宁静消失，尘土飞扬，古老的村庄在财富的刺激下，疯狂地采摘与贩卖，无规划地建设着新的闪亮的吊脚楼。那些被茶商们一再光顾的古茶树，花容失色，蒙满了灰尘，我想，要不了多久，她们可能就会在喧闹与噪声里失去生机与活力。"人类终有一天必须极力对抗噪音，如同对抗霍乱与瘟疫一样。"这是二十世纪初诺贝尔奖得主、细菌学家罗伯特·科赫的警告，这一天必将提前到来。

此刻是春天的早晨，昨夜几乎无眠，头晕乎乎的，心情糟糕，我站在小区的寨河边，听到青蛙欢乐的啊啊声、谁家公鸡清亮的打鸣声，还有密林深处斑鸠低沉悠扬的咕咕声。一只灰喜鹊站在花朵将凋落的梨花枝上，发出轻俏的呀呀声。春天让她的嗓音变得温柔起来，她那粗嘎的声音因为爱情而柔软，而娇俏，这是我第一次注意到的。我不禁微笑起来。这时，飞来了另一只鸟，小巧的身子，嘴里发出婉转的啼鸣。她发出叫声时，全身的羽毛都在抖动，好像她的声音是从羽毛上散发出来的，我笑得更开心了，早晨那郁闷的感觉在寂静美好的事物里消散一尽。那些能够感受寂静之美的人，能从中获取生命的力量。感恩生活着的大地，感恩大自然提供的明亮而寂静的春天。

谁把黑暗照得透明

在现代城市,黑暗大约如爱情,几近绝迹。就算是深夜,也是灯火辉煌,人走在灯下,影子时长时短,更觉得孤单。

也因了这满城灯光,天空像肮脏的毛边蓝玻璃,灯光一层层地涂抹上去,黄的红的,脏成一片,月亮也总是疲倦着,看不甚分明,一切都是混沌不清。这让人永远不清爽的世界,还不如万古长夜,黑个透明。那星星也应该如宝石一般,月亮更应是皎洁明亮,普照万物。

现代人都爱用旧时月色来比喻回忆,且不说更遥远的时候,单单是我小时候,乡村的夜都是真正的黑暗。那时候的黑夜是这样来临的:先是青色的黄昏,像轻纱一样徐徐降临,鸟儿们在竹林里锐声尖叫归巢的欢乐。天色转为宝蓝,深蓝,如果有新月的话,已经可以看到弯弯的微笑一般的眼睛,温柔而安静地注视人间。接下来,在母亲的呼唤声、牛羊的叫唤声中,黑暗先经轻纱笼罩,继而似密不透风的帐篷,把世界紧紧地包裹起来。树与房屋也开始沉陷下去,整个田野都低伏了下去,好像黑暗有了重量,一切都小了,低了下去。村庄的微弱的灯光在风里摇晃，然后一一散去，只留下黑夜，广大无边又浓稠似铁，像一只怪兽蹲在旷野里，微微地呼吸。

博尔赫斯对黑夜格外有感受，他那迷宫一样的大脑，看到了黑夜与时间、与人类的初始：

> 从黎明到黑夜，讲述的是整部
> 世界史。从这深奥的夜开始，我看到
> 我的脚下是犹太人的漫游，
> 迦太基的毁灭，地狱和天堂的赐福。
> 主啊，请给我勇气和欢愉，
> 我要攀登这一天的顶峰。

博尔赫斯在他六十岁生日时接到了阿根廷国立图书馆的任书，但黑暗也在暗处尾随着他。他的父亲就是在退休前失明的。他觉得世界以微妙的速度暗下来，黄昏来临，他就开始恐惧，蝙蝠的翅膀合拢下来，终生的黑暗在翅膀下喘息。他自嘲地说："命运赐予我八十万册书，由我掌管，同时却又给了我黑暗。"在视力模糊时，他眷恋地抚摸那一排排书籍，书页上的字开始像蝌蚪一样流动着。想到这些蝌蚪也许有一天会像青蛙一样跳上岸，离自己而去，他就像被雷击中一样发起呆来。他开始写短的诗歌，黑暗里，文字开始放光，这光芒驱走了黑暗,毕竟,"诗人,和盲人一样,能暗中视物"。诗歌是一粒粒水晶,在他失明的日子里,放射出万丈光芒,什么浓稠的黑暗都可以穿透。

我最喜欢的鲁迅也是黑夜的热爱者。他其实是独自品尝那大寂寞。时代的黑暗、人生的黑洞,对一位智者而言就是一种无时不在的黑暗的压迫。在北平,他与弟弟周作人分居,从八道湾迁至西四砖塔胡同61号居住。在那个长着两棵枣树的院子里,长夜漫无边际,他独自在暗中,看一切暗。"爱夜的人于是领受了夜所给与的光明。"为此,他写过《夜颂》,专门歌颂大夜弥天的黑暗。他那匕首投枪一样的文字其实是投向那漫漫长夜的。长夜里没有回音——也许有少许,不是回音,只是路人或者猫头鹰弄出的声响,或者是枣树在寒风里抖动的声音。坐在铁屋子里的人更加寂寞了。他是真的暗夜里的孤独行者。

我更喜欢黑夜里的自己,那是一个自主自由的人,一个漫不经心的人,一个站在尘世边缘的人,她沉浸在自我的内心里。白天里的自己,见到上司会不由得堆出微笑,碰到讨厌的同事,也会挤出一二分笑意。那是让人不喜欢的自己。我像所有人一样在演戏——这样的煌煌白日的舞台,谁站上去时都不由自主地成了演员。但黑夜有显形剂。躲在黑夜里的人放松地脱下面具,回到自己。那个赤裸裸的自己,怀着无法告人的伤惨的欲望,像猫一样舔着自己。尘世的灰尘弄脏了自己,谁不愿意有洁白干净的羽毛呢?黑夜里的万物是安静的,发着微微的暗光。幸亏有黑夜,月亮代替情人或者母亲,温柔而清凉,我们缩小又缩小,如同子宫里的胎儿,又干净又脆弱。

我是个乡下人,更喜欢黑暗与寂静,现在居于这个喧嚣的城市,几乎再也无法找到纯粹的黑暗。它以炫耀的姿态,让高楼与立交桥都变得灯火通明,五颜六色,好像众人无尽的欲望。这些欲望扭曲着,发出各色光芒,交织在一起,纠缠在一起,厮打在一起——一幅痛苦而焦虑的浮生图景。有人在这样的城市里做梦,梦境多是现实的倒影。好友张鲜明就经常做各种奇怪而痛苦的梦,梦里他被一串串数字追赶,被电话号码追击,被一个个利润指标瞄准,他四处逃窜,跑着跑着,大腿会掉了,胳膊也会掉,甚至头也会蹦起来。他满脸痛苦地给我讲他的梦,他像是没有睡醒,脸上有梦里无法醒来的焦虑,法令纹深深地刻在脸上。"我醒了,就伸手摸出笔,在黑暗里记下自己的梦,如果不记下来,也许会忘记。"记下梦的他会在浓稠的长夜里无法入睡,他听到窗外高速公路上飞驰而过的车辆,远处的高铁摇撼着大地,像一道白色的闪电切割开黑暗。黑暗哪,哪里还有纯粹的宁静的黑暗?在城市里,一切都是破碎的,黑暗像老鼠一样逃窜,也像巨大的玻璃碎裂成千万个碎片,然后锐利地扎进每一个都市人的胸腔里,成为一个个沉甸甸的梦,噩梦。

爱情也是喜欢黑暗的吧，我想。我记得自己的初恋，他拉着我在黑暗的操场上一圈又一圈地走，那冬夜里似乎有芬芳在传扬。莎士比亚在诗歌里歌颂黑夜：

> 闭上眼睛我看得最清晰，
> 因为在白昼他们对一切都熟视无睹，
> 而当我入睡后，在梦里望着你，
> 悠悠的火焰，暗夜里径自光明，
> 你的影子把黑暗照得通明，
> ……

大多数爱情都是靠内心的想象力完成的，完成这种优美的幻觉，必须借助于黑夜的来临。白昼的光芒让人不安，即使情人就在眼前，也只能"对面不言情脉脉""眼色相看意已传"。情人在众人之间，无法近身，太阳是那样明亮，可以看到他头发像鸟巢一样乱蓬蓬，脸色也不是很好看，衣服穿得没有品位，不能再仔细看下去了，再看下去也许爱情就会突然消失。就像《霍乱时期的爱情》里，费尔明娜在大街上看到阿里萨那"冰冷的眼睛、青紫色的面庞和因爱情的恐惧而变得僵硬的双唇"，突然之间，对他的感情烟消云散。爱情真是一种疾病，阿里萨陷入了这场由文字营造的爱情疾病中，从来没有被治愈过。娇嫩的爱情需要距离与梦幻，需要黑夜的烘托与背景，让梦呓与想象共同参与，爱情才能蓬勃发生，如春日的青草，渐远还生。

　　黑夜让人缩小，世界也是举目可见，人只能看到自己与身边那个人。记忆里有两个特别的黑夜，一是太行山。那是个夏夜，暴风雨就在天边翻腾，黑夜如墨汁，如石头，密不透风，有山的地方黑得格外密实。老夫子带我们坐在山谷的石头上："不说话，静心感受这难得的黑暗。"此刻，山谷被黑暗扣了个严丝合缝，只有远处我们住的小旅馆的灯光还在顽强地闪烁着，一大群各色蛾子扑向这唯一的光源，这让灯光都朦胧起来了。我伸出手来，却看不到自己的手，如果不是老夫子手里的烟头在黑暗里明灭着，我几乎无法看到身边的他们。这浓稠的黑暗，这密不透风的黑暗，就像"文革"中的众口一词，直接压迫着人的心脏。我听到黑夜里大山的心脏在怦怦地跳动，那些山谷里的树与竹林都在呼吸，还有溪水从石壁上滴落的声音。这时，一道闪电如利刃一样割开这浓稠的黑暗，我看到闪电下如巨兽一样蹲伏的大山，风里弯伏身子的树和翻滚的乌云。这光亮是如此之短，黑暗又合拢了翅膀，比此前更加坚实了。恍惚里大山倾斜着身子向我们压过来，雷声在头顶炸开了，我不由自主地抱紧了手臂，本能地站起身子。老夫子还坐在石头上，一动不动像是入了定。复又坐下。在黑暗被报复般炸碎，硕大而沉重的雨滴砸下来时，我们才慢慢走回旅馆。

黑夜給了我
黑色的眼睛
我卻用它來
尋找光明

錄顧城詩《一代人》
丁酉清明後兩日記 鴻傑

黑夜其实是有光亮的，不独坐于黑夜的人无法辨别。在山村那些浓稠的黑暗里，其实土地与石头会发出微微的光亮，这光亮是那样曲折，像国画淡远的山水白雾，隐约飘荡着。两个并肩坐在黑夜里人，内心也是有光亮的。我和友人吃过饭坐在田野里看火车，焦枝线上，火车被高铁挤得越来越少，绿皮车停运，只剩下货车。深夜的大沟河水库，已经深深沉入夜的湖底，鸟儿安睡，人迹少至。我们坐在铁轨边，刚刚割过麦子的田地散发着干麦秸清香的味道，有夜鸟在湖边发出梦呓一般的咕嘟声。她是个沉静而克制的人，我与她的交往持久而淡然，像一条清澈的小溪流在灵魂之间回旋。我明白遇到对的灵魂，像黑夜里无法看见微笑，却能嗅到彼此的味道，感受到身体内微妙的引力。除了在黑夜里，我们还在集会上见面，只要她到场，我总能奇妙地感受到，她来了，她坐下了，她在注视我。我走近时，她总会低下头，不安与羞涩像水波一样荡起涟漪，也溅湿我的衣衫。我在无数个黑夜里看见她，她在散步，她在微笑，她在写作……我与她隔着无数个黑夜，既遥不可及又脉脉有情，凭着寥寥无几的会面，维持着清澈的感情。现在，她坐在我身边，我们谨慎地隔着距离，但黑夜用虚无瞬间填满了它。谁也没有挪动，有小南风从我们之间穿过，她的气息混合着山谷里荆花的味道，让人眩晕。这时，一道强烈的光束从远方横扫过来，在黑夜里划出一道白色的深渊，"哐切——哐切——"火车巨大的声浪搅动了宁静的黑暗，不知是谁拉的一下，我俩站起来了，一条黑暗里的巨龙在白光后面轰轰地驶过来了。我与她之间的黑夜开始动荡破碎，声音、气流、光线都翻动起来了。火车驶远了，但撕破的黑暗还没有完全愈合，这个沉默的夜晚过去了许久，仍然保存在我的心底，我想我与她就是凭着这样的黑夜密切联系在一起的。在黑暗里，我们似乎什么也没有说，又似乎说了万千言语。

　　黑夜对诗人来说是灵感来临时的翅膀，是孤寂悲怆的容器，是死亡与爱情的显影液。1989年2月初，自杀前一两个月，海子写下了《黑夜的献诗》：

　　　　黑夜从大地上升起
　　　　遮住了光明的天空
　　　　丰收后荒凉的大地
　　　　黑夜从你内部上升
　　　　……

　　城市这暧昧不明的夜晚里，有许多人无法安然入睡。黑暗不够浓，闪烁的光里有无数看不见却在震动不已的电波飞翔，幸亏我们只能看见三维世界，如果有了神通，可以看到多维空间的话，才让人无法入眠呢。中国移动、中国联通、中国网通、中国电信,它们都在一刻不停地发射信号,扩大自己的网络覆盖范围。这些网络通过发射塔、Wi-Fi、手机,如蜘蛛网一样网住了所有人,我们都如网中粘住了翅膀的小虫子,挣扎踢腾,最后束手就擒。就算我们入睡,手机这个终端服务器仍然在黑暗里独自工作,接收着天边发来的所有信息指令。手机的小红灯在闪烁着,鬼火一样,让城市的夜晚无法安静下来。我一个好友,是个失眠患者,特别喜欢山居。他说,每次到深山里,吃过饭在山谷里转,有时候能看见月亮跟着自己从这个山头转移到另一个山头,有时候还能看到流星,拖着燃烧的尾巴,划向山的另一边。到了十点,世界在黑暗里就沉睡过去了,不由自主地,他就会开始打哈欠。躺在山谷的木床上,外面星斗低垂,黑暗无边,好像突然身体就像晒过大太阳的棉花一样又暄又软。此刻有特别神秘的感受,就是自由的心脏与大山的心脏同时跳动,身体轻软而膨大,好像变成了一团白云,然后就沉沉地跌入睡眠。但只要回到城里,他就会烦躁不安,辗转反侧,无法入睡,像个困兽,在黑屋子里转来转去。最后,他关掉电视、电脑,又关了Wi-Fi,黑暗里他仍然听到嗡嗡的声音,电冰箱在黑夜仍然勤奋地工作着,他跳起来,关掉了总电源。屋子里倒是黑下来了,但窗外的路灯鬼头鬼脑地亮着,高楼上还有几个窗口也在亮着灯,他一屁股跌坐在客厅里,长叹了一口气,看来黑暗是睡眠的催化剂呀。可在当今城市,到哪里去找那纯粹的黑暗呢?

我小时候和奶奶住的家在村子最西头，三间房子淹没在庄稼地里，黑夜广大无边，充满了各种奥妙的动静。我看见过黑暗里的猫头鹰，眼大如灯，灵光四射。他在屋后的丛林里久久不动，像老僧入定，等着竹林里钻出来的蛇或者院子里迅速窜动的老鼠。萤火虫从沟底的草丛里一群群地上升，散落，如同夏夜的星群，在持续不断地移动。屋子右边竹林里，黄昏时总要飞进去上千只各类鸟，它们在密密的竹林里大声唱着，是我小时候听到过的最动听的音乐，直接影响到我的耳朵——长大后我虽然也喜欢音乐，但最喜欢竹林里的鸟声或者夏夜湖边的青蛙的合唱，胜过音乐家的金声玉嗓。可能是因为我们家就在大路边，也可能是因为它是黑夜里人们最先看到的屋子——我说过我奶奶家在村子最西头——我们家在深夜里总有来人，黄狗是最警觉的报信人，然后一个说书的瞎子或者寻找母亲的夜路人会带着浑身的寒气闯进家门。他们的身后，是黑得像墨汁一样的黑暗。奶奶总是热情地迎接他们，小屋里一会儿就会飘起葱花鸡蛋面的香味，刚才因为怕生躲藏起来的花猫也伸着懒腰钻出来了。大黄安静地坐在一角，大的湿润的黑眼睛直直地看着锅台上上升的热气。我想，如果此刻有神灵在高高的冬夜上空俯瞰黑暗之下，这小小小灯火是那样明亮与温暖呀。

后来，我走在最黑暗的人生里，也总是能看到小小一星灯火，在不远处，亮着。

你在光里倾斜身体

上帝说，要有光，于是就有了光。

那天，我和纽约回来的南希还有苏州来的晓梅走在嵩山的永泰寺。月亮刚刚跃出东山，大如脸盆，还没有光芒，平静而雍容，我不由"哎哟"一声，如见仙人。再转过头去，月亮已经升到小树梢，夕阳的光线在下降，此刻月亮还没有多少光亮，漠然地极快地向上滑行。这时天空的光线也在分分变化。随着夕阳最后收梢，天空由淡青转向乌蓝。如果你一直凝视着天空，就会看到光线奇妙的变化。夕阳刚刚落下，天空是金色的，光线颗粒很粗，好像早期的照片一样，空气里如揉进了金沙，变得滞重，非常有质感。小虫子们活跃起来，在空气里穿行着，在夕阳的金粉里穿行着。我听到了它们的翅膀与空气摩擦的声音，沙沙——沙沙——

黄昏的光线让人生起暗愁。那急急闪动翅膀的飞鸟，那乡村里冒起的炊烟，欢快回家的放学了的小学生，还有隐约可闻的饭菜的香味。我总是在黄昏来临时惆怅起来，好像黄昏从远方携带来了阴影，随着蘸着金粉的光线进入我的内心，把我潜藏很深的忧伤唤醒。在这样的渐渐暗下来的光线里，人好像进入深水里，又好像跌进雾里，无名的惆怅随着黄昏灰色的光线从身体里向外撤退，整个人都要缩小一圈。天光渐暗，好像让我们看到自己一寸寸老去，我们的脸刚才还是明亮有光泽的，现在在乌蓝的光线里，暗淡下来，鼻子的阴影也越来越明显，嘴巴也开始下陷，好像黄昏的光线在融解我们，我们很快就要消散，消散在黑暗里。这过程类似死亡。

　　黑暗来临了，但黑暗并没有那么可怕。屋子里的灯光亮起来，有人影在房间里走动，这光线带着家庭的温暖，让人心安。黑暗里的人都向往着这样的灯光，灯光下有一个人永远地等待着我们。刚刚黑下来的黄昏，像水流一样不稳定，还有着涌动的旋涡；黑定下来了的天空，有星星，也许还会有新月来临。黑暗并不是死铁一块，被星月撕开了一条缝，那些神秘的闪耀的光芒，从天庭直抵内心。新月的光芒甚至有一点妩媚，好像在含情凝望一样，她的形状那样姣好，光线也随之弯曲，像水波，或者像美人的眼波一样漫射。万物含着温柔的笑意，这浅浅的笑意噙在嘴角，随时流下来。如果正好赶上朔月，天幕上只有星光闪烁，成为主角的星星们是那样明亮，她们的光芒是菱形的，像露水一样降临。早晨五点，秋天的芒草，一滴白露，如星子一样挂在草尖。

奶奶是用光线来计算时间的，家里窗户上糊着白纸。她觉少，我夜里醒来时，总看到她在抽烟。她会及时叫醒我，她笃定地看一眼窗户，此刻窗户是暗蓝色的，她说，起床了，五点半了，赶到学校六点，正好跑操。中午的阳光登堂入室，地上有一片长方形的光在慢慢地行走着，当这块光走在房间的正中时，奶奶的纺车骤然停止，她说："中午了，该吃午饭了。"一边扭着小脚到灶台上忙去了。黄昏时的光线把梨树的影子在院子里拉得很长，当她看到梨树的影子倒向东边花椒树时，她放下正在吸的烟袋，说："烧汤了。"南阳都把做晚饭叫"烧汤"，把吃晚饭叫"喝汤"。她的时间就在光线里，她用光来指挥着一天。

光线也能指挥花草。我家小院子里的牵牛花和晚饭花都是对光线特别敏感的花，这一点好像是奶奶再世，让我对她们生出亲切之心。牵牛立秋后盛开，是我最喜欢的蓝色，日本俳句形容是"深渊色"，大概是说那种蓝色的纯净可以淹没一个人的意思。早晨走出院门，看到牵牛，好像是仙子一样，纤弱又豪情，在篱笆上一朵挨近一朵。下过雨的清晨还有露珠，美得让人只好叹气。我晨跑回来，已经过了八点半，太阳很高，牵牛花开始褪色，不是明亮绸缎一样的蓝，而是紫色，太阳把她的蓝吸掉了。所以日本人叫她"朝颜"是对的。大概上午十点半，她的紫花瓣开始收拢，皱在一起。一朵花的一生，在光线里开始与结束。而晚饭花特别喜欢黄昏,黄昏时的光线又温和又散漫,她的玫红小喇叭向着黄昏不倦地吹奏着。汪曾祺写她:"看到晚饭花,我就觉得一天的酷暑过去了,凉意暗暗地从草丛里生了出来,身上的痱子也不痒了,很舒服;有时也会想到又过了一天,小小年纪,也感到一点惆怅,很淡很淡的惆怅。而且觉得有点寂寞,白菊花茶一样的寂寞。"晚饭花最不让人操心,我是从报社大院的东边采来的种子,种下后,年年春天院子里都会一丛丛的,茂盛得可怕,几乎霸占我的小花园。我只好忍痛割爱,拔了许多。但这样的"四清运动"没有扑灭她的活力,她在夏秋照样开花,清晨也开。她的玫红,汪老说是深胭脂红,与牵牛的蓝和鸭跖草的蓝色相互映照,总让我有一个愉快的心情。

白露过后秋日的清晨,我和我的两个内心有光芒的女友一起沿着永泰寺向后山走去,秋日的光线已经有了蜜的颜色,远处的群山、近处寺院的屋顶都沉浸在梦幻的金色里。光从密林里倾泻下来,形成几十条轻纱一样的光带,如林中仙子的垂天之翼,我真的好担心这光之羽翼是不是会带着这一大片林子起飞。清晨的光线清澈尖利,如银针一样。南希与晓梅走在林间小路,如同走进梦幻里,她俩的头发上镶着金边,身上披着金纱,她们走动,金色的光抖动着被撕破,我能听到"滋啦"一声,裂帛一样。她们拉着手停下来,我看到那裂开的无边的金色复又合拢。寺院后的唐塔还静静地站立着,富于丰韵又刚健。清晨的光线让这唐塔也获得了飞升的灵魂，它随着背后的嵩山上的白云一起上升，又和一阵山谷里刮来的风一起下降。我几乎看呆了。

山中小路浸在金光里，路面上光影交错，有黄色的叶子不时地落下，一片，又一片。光线使落叶获得了生命，或者是死亡之前最后的生命。叶子在光线里旋转，一个半圈，再一个。生命陨落，精魂不死。南希走在我的前面，她穿着白毛线衫，白底几何图案的休闲裤，裤子下端是黑色，带流苏，短头发上落了一片叶子，像是一枚金色的发卡。她回头，笑，中年的她还有少女的笑容，仿佛这是她十六岁插队的大青山，仿佛后山的宋塔下有一个黑头发白牙齿的少年在等着她。她心跳如鼓，她羞涩又大胆，在清秋的晨光里，世事明媚，没有不可爱的事情。爱情的光芒始终在远方，对她既是鼓励也是伤害。她在这样虚幻的光芒里抒写，梦想，回忆，让光线照彻身心。再有几十个台阶就到宋塔，宋塔是那样挺秀纤细，好像宋词一样有着精致柔媚的感伤，在明亮的晨光里，她仍然满腹惆怅，披了一身阴影。

等我们从山上再次回到唐塔的台阶上时，大地已经在更加鲜艳的光线里上升了三尺，天空再次升高，白云也从山谷里随着天空向更高远的地方撤退。青山上有一层蓝色的雾在游荡，山下的村庄在苏醒，公鸡在树颠大声地呼唤着，把静止的光线搅动得颤动起来，有两只狗也在一呼一应地吠叫，光线开始弯曲，像大海里的波浪，一波又一波地涌来。一群羊从村子里涌出来，向着半山涌上去，光线被羊群带领着，波涛一样卷过了村庄，向山上漫卷。更远的地方，登封县城在闪光，城市里的玻璃和现代化的金属在阳光里闪光，公路上的汽车是一条光带，但这些折射后的光是如此锐利，像匕首一样刺向深山里，如同人类过度膨胀的野心与欲望，时刻如鬼怪一样觊觎着大自然。

住在城市的人中几乎没有人注重光线的变化，除了摄影家们，他们是光的收集者。城市的光芒都是人为的，霓虹灯，广告灯塔，商务大楼不眠的窗口，这些光线强烈明亮，让城市的夜晚无法入眠。光线下的人们都如被驱赶的生物，惶惶不可终日，从霓虹灯跑向路灯，从路灯跑向办公室惨白的灯，城市人的脸色也随之变青，变红，变白，变得惨淡无光泽。人工的光线吸尽了人类体内旺盛的元气。我在地铁里看到一个个疲惫地闭上眼睛或者低头看手机的人，他们的脸像惨白的即将凋谢的花朵。大自然里的光线却是可以治愈的，月光可以让人放松、宁静，我有一句诗歌，凝望过月亮的人终生会获得宁静。月光也许是世界上最奇妙、最温柔的光，万物沐浴其中，都放松下来，进入梦幻，仇恨的人都暂时忘却，嘴角浮上了微笑，他不知道这是月光在卸下颠倒的梦想，卸下烦恼贪婪，让可怜的人回想起世界上美好的事物，比如恋人那黑的眼睛、白的牙齿，比如母亲低头呼唤自己的瞬间。这都是月光的作用,清凉而梦幻,如经文唱诵,一声声入耳入心,人不由得自然地安静下来。

第二天我们又要离开嵩山了,在黑夜里再一次去了永泰寺。从明亮的灯光突然进入黑暗,像是跳进了深水里一样恐惧。等我们的眼睛适应这深重的黑暗后,树与大殿开始浮现出来,我们先是看到了轮廓,然后是寮房里微弱的灯光,还有一只萤火虫从草丛里飞起来,在我们眼前一晃。我们看到了那棵娑罗树,枝叶繁茂,安静独立,在黑暗里,她像是站着睡着了,我似乎听到了她清浅的呼吸,树是会睡觉的吗?仰头看她,她的枝条披拂,像她戴着的花冠,半个天空被她遮着,星星从树枝间漏下来。南希和晓梅对着这棵两千多年的神树拜了三拜,好像她是佛菩萨。我们安静地坐在树下,树垂羽翼,和夜色一起环抱着我们。宇宙浩浩荡荡,时间无边无际,人亦如微尘,夜色加重了对时间与空间的猜想,这样广阔无边的时空中,三人跨过东西半球相聚,梦耶真耶?而这样的相聚,还会有几次?会不会明年我独自坐在此树下,无限地怀念她们?去年今夜,同醉月明花树下。此夜树下,星暗古寺云暗山。故人何处?带我离愁山外去。来岁树前,又是今年忆去年。

当我笨拙地用文字把那天的光线固定在纸上时,时令已经到了寒露,秋雨连绵,光线暗淡,秋光正在老去。我的容颜也正随着秋光一起减了芳华,但幸而有那些明亮的光线潜藏在体内，抵挡着越来越明显的衰败。在灰色而冰凉的雨水里，我向着时间深处张望，我看到身体内储存着春阳秋光，一切都完好如初。陌上花开，原野明亮，大自然通过无数美好的时刻，把她最美好的瞬间都凝固在我灵魂里，这使我如一枚琥珀，透明而温暖，在这个风雨飘摇的人世里安静无声，独自微笑。

树树皆秋色,山山唯落晖

霜降之后,树叶的颜色一天一个样子。柿子和梨树的叶子是红的,杨树的叶子是黄的,悬铃木的颜色是半黄半青的,好像每天夜时都有一个神秘的人在树上涂抹。每棵树用着不一样的颜色,这可是个细致的活儿,只有大自然的手才能做。

早晨晨跑总能看到清洁工挥着大扫把在扫叶子。看到那错落有致的、红黄青相间的叶子本来是那样静默而美好地平铺在那里,一道绮丽的风景,而现在,被扫把翻腾得灰头土脸的红叶堆在一起,不禁要悲从中来。孔夫子说,未见好德如好色者也。这话不对,不好色的人多的是。这么美的颜色没有人愿意好好看看,就一扫把挥到土堆里。看他的脸色,像有点烦这不停飘飞的叶子,刚刚扫过,又落了一地。

也有人喜欢落叶的颜色。"西宫南内多秋草,落叶满阶红不扫。"我喜欢秋天,主要是喜欢秋叶的颜色,秋叶颜色年年不同,因了当季的雨水与风、气温等不同。同样的树,颜色变化也不相同,我窗外的那排杨树,总是朝向东南方向那一枝先现金黄。向阳花木易逢春,最先萌绿,也最先衰老。大风过后的清晨,一地静寂的金黄,让人不忍落脚。明末清初金陵人士龚贤自称"扫叶僧",自画了一幅《扫叶僧像》,画面中一老僧持帚做扫叶状,眼望云天,心境高远。他在清凉山隐居的居所名为"扫叶楼"。他前半生眼看明亡,晚年回到南京隐居。清凉山里树色如染,如故国血泪,每一片落叶都惊心吧。在学者朱光潜的眼里,落叶是美。台湾作家齐邦媛一度是他的学生。一次去先生家上课,院子里厚厚的落叶,踩上去嚓嚓啦啦直响,她悄悄扫起来。朱光潜立刻阻止她:他等了好久才"存了这么多层落叶,晚上在书房看书,可以听到雨落下来,风卷起的声音"。厚积落叶听雨声,诗意的心灵才会听到。

大自然里,颜色是神灵赐予的。清朝画家恽格云:"春山如笑,夏山如怒,秋山如妆,冬山如睡。四山之意,山不能言,人能言之。"他说的就是这个意思。画家都好色,就像男人的眼睛对美人的敏感。照老先生所言,四季之中,秋山最美。

秋山之美,美在好色。今秋有幸,与友走进秋山,山不高大,是王屋山的一个山谷,山下面的村叫"杏树洼",可能杏树很多吧。但此刻山谷两边时不时地闯出一两株黄栌或者红枫,柿子树也半红半黄。山谷叫白龙沟,没有水,满山谷都是野菊花,代替溪水流着,香气追着汽车跑着,坐在车里也能闻到。

几个持镰刀的农民走在我们前边,他们是附近王庄的,是镇长叫他们来给我们领路的。我喜欢这样的山路，踩着野草与落叶，还有石子，有点枯黄的野草散发出浓郁的香与灰尘味。黄栌伸出手总想抓住我的衣服，小野菊蹭着我的腿，那带着药香的清凉的菊花味沁人心脾。远山一片橙色，整个太行山都像是处于极度亢奋中，山山落晖，树树秋色，好像重重叠叠的山在霜降之后，联合起来向秋天放了一把大火。走在前面的农民啪啪砍掉几枝黄栌，我嗅到一股浓郁的橘子香味，在菊香里特别分明。脸膛黑黑的人走到我跟前，他说，看看，这味道就是黄栌的味道。他手里拿着的黄栌枝，树心是橘黄色的，像一个尘世的诗人，心里藏着万千风云。香味是从这截断木上散发出来的，好像橘子藏在树枝里。"我们小时候，村里的女人夏天都砍这黄栌枝煮水，一大锅橘黄水染布，小时候穿的黄布衣服就是黄栌染的。""那有没有香味呀？"我的话让这个脸膛黑黑的人陷入了回忆。"刚刚穿上是有香味的，洗几次就没有了。"明年夏天要不要染一件黄衫，贴身穿着，有橘子的香味从身体里一缕缕地散发出来，我想着，痴痴地，不觉呆了。

"那同样是黄栌，为什么有的叶子是艳红的，有的是黄的，还有的是紫红？"我跟着这个提镰刀的人。"长在向阳的地方、风口的地方，叶子就会红得亮眼。还有树下的土质，矿物质含量不同，树叶子的颜色也就不同呀。""传说过去黄帝的龙袍也是黄栌染的，用山上的树染的布不掉色。"

哎呀，要不要在自己院子里种一棵黄栌树呀？我边走边想。突然头顶上像暴风骤起，一片嗡嗡之声，我一回身，一群身子硕大的野蜂，大概有上千只，低低地飞过。天空顿时暗下来，空气里充满了他们翅膀的震动声。我本能地伏下身子，几乎要贴着野菊花们。野蜂们像一阵风一样掠过，不见了踪影。"这些蜂干什么去了？"提镰刀的人回答说："这些野蜂，秋冬蜂窝里会争抢吃的，大打出手，最后失败的这一方会飞离蜂窝，寻找活路。""那这些离开的蜂群到哪里过冬，吃什么呀？"我不禁忧愁起来。"野蜂能着哩，比你活得好。春天的时候还会分窝一次，那是因为蜂后死了，炸窝了。"我看着远方，已经不见了那群嗡嗡叫的野蜂，我是第一次看到如此大规模的野蜂迁徙，心里震动不已。

它们是秋天天空下一抹褐色，流动的会叫唤的褐色。这片褐色下面就是黄红相间、灿若锦缎的秋叶。人的黑色或者灰色的影子裹在这样明丽的风暴里，自己也莫名地披了一身红光，好像被菩萨加持过的一样。

再看那满山红的、黄的、紫的、橙的、褐色的叶子，皆有庄严宁静之色，好像一个优雅的暮年人的心灵，丰富而宁静。世界的所有好都映照在其中，星汉灿烂，若出其里，诺诺感恩，慈悲通明。秋之色丰富平静，有生命之庄严、之节律，因为凋零在即，挥手作别时那一抹丰润饱满的红唇，让人念之伤悲。

我最喜欢秋天的颜色——柿子色,通明的软红色,上面有一层秋霜,像美人脸上的薄粉。有一年霜降,和她一起去山里打柿子,地上堆满了落叶,走起路来唰啦啦一阵响缠着脚,菊花也是一路绊着腿脚,香浓得好像可以抓一把香味出来。突然看到蓝天里挂着小红灯笼,没有了叶子的庇护,红得没心没肺。一群喜鹊从树梢飞过,红灯笼摇晃一下。有大胆的停在树梢,小尖嘴一下一下——传说鸟都像男人一样好色。红色果实总是最招鸟。她抱着这大柿树用力摇晃,小红灯笼乘着风,一一落地,有的碎成红泥,有的完好无损。这像在噩运面前的人,有的自尽,有的苟且偷安。我们扑向苟且偷安的,放进嘴里,又凉又甜,简直就是青春期恋人月光下的嘴唇一样,性感又纯洁。我几乎能看到这颗红且软的柿子在我身体里旅行的过程:从口腔开始,一路滑行,过咽喉,进胃口,每一个器官都对她的到来欢呼而感动。像一个真正的朴素又高贵的美人,你必须专注地享用,才不辜负。一起吃过柿子的人不可忘记。我对她说,一起走进山林里的人不可忘记。

吃过石榴的人都会不由自主地爱上秋色吧。石榴的颜色也是秋天里最美好的,如果柿子还有少妇的性感,石榴的牙齿则完全是少女的明丽。石榴藏在自己的身体里,酝酿着一场美丽的阴谋。如果你不想伤害她,你必须和她商量好,如何让她自己解开罗衣。还是她，她是个好色的女人，水果里只喜欢吃樱桃、葡萄、柿子和石榴。我们见面的程序是先吃水果，她的手指纤长，最知道如何为石榴宽衣解带，程序是这个样子的：花蒂那块轻轻掀了，这时，可以看到晶莹的石榴顺从地等待着，再沿薄膜那个位置柔和用力掰开，石榴成了两半。绸缎一样的膜隔着晶莹的石榴籽，透出隐隐的红，真性感，像一个慵懒的女人。然后，继续如是者掰，四瓣，不多也不少。有几颗石榴籽已经捺不住性子蹦了出来，落在青花瓷的盘子里，是那样的好看，好像这石榴籽就天生在盘子里了，让人不忍心去吃她。两个人你看看我，我看看你，发了一会儿呆，吃了一捧石榴，说了和石榴籽一样多的话，星散而去。

她回忆小时候吃的杏子，名字就叫"看到红"。这种颜色美得不可方物，无法用任何颜色来框定，她说应该是早上六点到七点的曙色，晚上六点至七点诵经时的佛教黄色，两者相加，就是看到红色。当然，这种美若仙境的颜色也是经过了时光和记忆的美化，岁月的光芒层层叠加上去，使晨光与夕照都格外美好了。

秋天最好看的是路边的杨树，一树黄金，飒飒地响着。好像她们是上天派来专门唤醒秋风的使者，风是从杨树上开始摇动秋天的。我的窗外是一排特别高大的杨树，秋天是从右手那

一片春愁待酒浇，江上舟摇楼上帘。招秋娘渡与泰娘桥。风又飘飘，雨又潇潇，何日归家洗客袍。银字笙调，心字香烧。流光容易把人抛，红了樱桃，绿了芭蕉。

红了樱桃绿了芭蕉

在中国古典里永恒的一颗樱桃
戊戌初夏樱桃时节于中原梯苔草堂 冯杰

枝最高的杨树梢开始。每年秋天这枝朝南的枝条上的树叶最先黄,黄得透明纯粹,从窗口望过去时,像窗子被镶了花边,衬着黄叶,蓝天更加高远。我入迷般地观察着叶子黄的速度与广度,以此消磨着秋天的日夜。以一夜为单位计量,叶子上,黄迅速蔓延,只需要一周,这两排高大的杨树就披了满身的黄金,与秋风一起摇荡着,翻卷着。早晨,路上铺满了金黄的杨树叶子,给人以特别梦幻的感觉,好像是要排演的一场电影的镜头,让人疑心旁边的河沟里有导演与摄影师在偷窥着这空旷的路。我的秋天总是这样起伏着,随着枝头最后一片叶子的悄无声息落地而结束,但今年却不是这样,小区物业因为夏天暴风雨杨树坠枝砸了业主的汽车被索赔,记恨在杨树身上,整个小区路边的杨树遭到强暴,工人们登上梯子,用大锯直接截断了杨树的头颅。小区里清气弥漫,久久不散——那是杨树们的怨气。我不忍久视,几乎要落泪。这个秋天,我的窗子寂寞了许多,想着随秋天如急雨或者蝴蝶一样扑向我窗口的杨树叶子,我越发惆怅。人活在越来越多的丧失里,失去青春,失去梦,最后连窗外的让我惊喜交集的杨树叶子也失去了。

卡尔维诺是这样观察秋天银杏叶子下落的图像:

如果从银杏树上只有一片枯叶落到草地上,那么望着这片枯叶得到的印象是一片小小的黄色树叶;

如果从树上落下两片树叶，眼睛会看到它们在空中翻腾，时而接近时而分开，仿佛两只相互追逐的蝴蝶，最后分别落在草地上；如果是三片树叶、四片树叶，甚至是五片树叶，情形都大致如此；但是，如果在空中飘落的树叶数目不断增加，它们引起的感觉便会相加，产生一种综合的犹如细雨般的感觉。如果这时刮过一阵微风，这些纷纷下落的树叶会像鸟儿的翅膀那样在空中做片刻停留；如果低头看看草地，会觉得草地上播下了一片闪亮的斑点。现在我想一方面不失去这种综合的、愉快的感觉，同时又想使它与每片落叶进入视野后在空中飘荡、下落引起的个别映象区别开来。

在他的阐释里，漫天纷飞的银杏叶的秘密在于，当我们将视线定格在某一整片上，会发现它其实是一个空洞的无感性的空间，你可以把它切割成连续的平面。只要你仔细观看，会发觉，每一个平面上都有一片叶子，而且只有那一片，无限孤独地在自己的那个位置上旋转，打圈。

卡尔维诺是个智力卓绝的作家，他的银杏叶子在他的眼睛里旋转，如细雨掠过。他要说的是世界的完整与碎片，他要说的是人世间的投入做自己与被人偷窥的相互关系。是的，我们都是演员，是自己人生的拙劣的本色演员，我们又都是藏身在门外的导演，看到意料之中或者意料之外的命运细节，惊讶地张大嘴巴。

秋色斑斓而平静，我也是这几年渐渐领悟了秋的好。人到了中年，内心就像这窗外的秋色，如画卷一样深沉而广阔，我们华丽而低调，缤纷而几近凋零。一切都在走向衰落，均无可挽回地向前冲去，我们在时光的磨砺下已经不再感叹，我们认命一样接受了凋零与病痛，甚至还有死亡。长夜的梦里，我们看到自己年轻的身影，远远逝去的春色春光，一路烧下来，恣肆汪洋又我行我素，任性任情又天真无邪，我们还是不愿意老去呀。我们还是想回到那急促而又热烈的青春。

写这文的晚上，我梦见窗外的杨树枝从秋天的大地又回来了，他们相拥着。在高高的杨树上，每个枝条都挥动着黄金一样梦幻的叶子，叶子在半空中停顿了下来，结成一片厚厚的柔软的黄金毯。我躺在叶子上面，悬空，心里有隐约的不安，就像知道所有的梦境都要醒来一样。我紧紧闭着眼睛，不愿意睁开。

文脈無水誓願敨文氣無影誓願蹤文燈爭光誓願明中原馮傑

山里来信,山花落得很厚……

5月20日,小满。

我在看一封信,信上这样写着:"山上落花很厚,我坐在这儿喝茶。一个蜜蜂飞过来,狠狠蜇了我一下。你不是说你胳膊疼吗,你就不要老坐在屋子里,快到山里来走走。"就是他的字!我看了一遍又一遍。从梦里醒来,嘴角还挂着微笑。我收到了他的一封信,虽然信是从梦里寄来的,我依然是高兴的。

我含着笑起了床,照例去跑步,打开手机看到他的信息,"青山可望月 狂花入旧梦"。我笑笑,果真是心有灵犀,连我做什么梦他都知道。这个梦让我有着无比的好心情,抬头看到院子里的葡萄已经挂满,睡莲开了满缸,另外一缸荷也长出了亭亭的新叶。他送来的竹根今年也钻出了新芽,嗖嗖地长个子。紫叶酢浆草每天都要开一簇粉红色的小花,晚上她们像含羞草一样合起叶片,好像是睡去了。那个矮胖向日葵正咧开嘴巴,金黄的笑声让院子亮起来……这才想起来今日就是小满。穿上运动鞋,开始了每天的晨跑。空气还清凉着,时不时还落下几颗露珠。灰喜鹊、叫天子、斑鸠、画眉,仍然在高高的杨树顶上上下翻飞，鸣叫，叫声虽然没有春天时繁密，但仍然动听。

临湖一位老太太在自己院子里种了几畦菜，她的菜总比别人长得好，且茂盛。我走到她家院子门口，总要和她打招呼："你的菜真好看呀。"她总是蹲在菜地里，不是在捉虫子，就是在给豆角或者苦瓜搭架子，银白的头发配着满地新绿与挺拔向上的藤蔓，有一种奇妙的美好。她听到我的话，从菜地里抬起头，脸上溢满笑："姑娘早，我看你每天都跑步，真是好习惯哪。"东边的茄子正在开着小紫花，有一个小如指头肚的小茄子已经发着亮光；中间一畦辣椒开着小白花；西边是黄瓜，如翡翠一样的枝蔓攀缘而上，靠近土地的地方开满了小黄花，并且好几朵花都带着一个满身茸刺的小黄瓜，要多可爱就有多可爱呀。

再一抬头，那棵会开一个夏天的凌霄花，突然开了满墙橘红色的花朵，这使这整个早晨都显得喜气洋洋。那个二楼的窗口，开满了花朵，我在遥想那窗后的人儿，是不是和我一样做了一个长长的好梦，梦里在读一封长长的来信，信上有着凌霄花的幽香。这样想下去，有点羡慕起来那个无法看见的人了。

湖里的荷从立夏开始就拱出了水面，刚开始都像铜钱那样大，谷雨时还贴在水面上，这几天气温升高后，也是嗖嗖地长个子。叶子打开,满湖新绿,那一群黑翅膀的小野鸭,在荷叶间相互追逐,扑起一串串水花。我站在湖边做八段锦时,她们总是摇摆着小小的身子,嘴里"呷呷——唧唧——"地叫着,扁嘴吧咂着那些水面上的野草芽儿。过一会儿,她们就要快乐地飞起来,贴着水面,大声地叫喊,像快乐的孩子一样。

小满前两天,我去了济源的大明寺,去看娑罗花。这棵长在寺院佛殿前的一千五百多年的树茂盛浓密如盛年,每年五月都要开满树的猫尾巴一样的白花。我的意思是,她的花像猫尾巴,其实猫尾巴上都是一簇簇小白花,花蕊有红色,也有橘黄色,香味幽静。这个五月,我已经两次错过了她,我一直惦记着,梦里都已经看见她了。我进门都要惊呆了,周六的大雨并没有完全打落她们,她们满树白雪一般,在夕阳里等着我。旁边一居士笑道,往年这花开着落着,今年奇怪了,许多花干在枝上,也不落。好像就在等着你。我手抚着毛茸茸的花,心里有握住故人手的感慨。花有灵性,也知惦念。地上还是落了许多花,如同轻霜覆地,我端详着,花枝上已经有一些小小的长圆形的果子在长大,小满在即,万物趋熟。

湖边正做八段锦,教我瑜伽的任利在我身后轻笑道:"你做得好专心,我跟你做了一节你都没有发现。"任利身姿纤细,长长的脖子,细细软软的腰肢,笑容明丽,她是奥数老师,业余迷恋瑜伽。"今天小满哪,咱们瑜伽就从春天格式转到夏天吧。""瑜伽也分季节?""那当然,春天主肝,夏季主心,人容易上火,咱们从头部练起,一直练到脚,心主火,肾主水,让心肾相交,即水火相融,阴阳平衡,人才会神清气爽。""那四季都各有练法。""春生发,夏成长,秋收敛,冬收藏,调阴阳,释潜能。阴阳平,愈百病。"嗯,小满听君一席话,如闻仙乐耳暂明。我俩相视一笑,开启瑜伽夏天模式。

　　回到家,看到南阳故人发一组图,麦田金黄,豌豆翠绿,田野里浮动着紫蓝色的雾霭,一条乡里小路通向无尽的远方,几只七星瓢虫安详地趴在荼蘼花下,似乎睡了过去。我好像看到神灵正在那里进行着交接仪式,春天通过这朵荼蘼花把小满交给了夏天。

草药恋,徐长卿和刘寄奴

徐长卿和刘寄奴。——哈,一对情侣吧?——不,客官,是两味中草药。徐长卿,一瘦长书生,青衫芒鞋,目光如星,满身书香。刘寄奴,一低眉女子,深情缱绻,温婉如水。二人相见,电光石火,一见倾心。在百草园龙湖的山坡上,我遇见了他们。刘寄奴的样子像艾蒿,上有四棱,高二三尺,叶青似柳,开碎小黄白花,落花的枝头已经结了果实,细而长,像大麦粒。她样子不像小家碧玉,倒更像山野村姑。她还有名字,叫"乌藤菜""白花尾""千粒米""斑枣子""九牛草""苦连婆",具有疗伤止血、破血通经、消食化积、醒脾开胃的功效。果然一体贴女子。

徐长卿倒是细长如小竹子,茎细弱,叶子如柳也如竹,开出黄绿色的小花。他伏在地上,如竹如草,如一阵风带来的绿色仙子,隐身在万绿丛中,保持着竹子那锐利潇洒的风姿,随时都准备仗剑天涯。他别名很多,也叫"别仙踪""竹叶细辛""逍遥竹""一枝香""英雄草",听上去都有侠义之气、隐逸之气。果然一好男儿。李时珍说:"徐长卿,人名也,常以此药治邪病，人遂以名之。"长卿，长青，听上去如《红楼梦》里的柳湘莲，浪迹天涯，霜天潇潇。他可治无名的心口痛和精神焦虑，现代人必备。

跟着我的李明黎笑道："徐长卿和石长生、车前子、李根皮是结拜兄弟，他们如同桃园结义，在一起自有气场，这股气，可使人心怀大开，喜气洋洋，不信，今天就包几样回去，失恋时试试。"几个文艺女子纷纷拥过来，细细察看这棵柔弱素净的草。现代都市几人不焦虑，几人能开怀？不如意之事十之八九，还有职场斗法、情场斗智，官场更是险象环生。徐长卿用处大矣。

徐长卿镇静自若，是我喜欢的男子类型。细想起来，在太行山里，我经常在山坡上遇到他。有一次，因喜他竹子一样的模样，还拔了一丛种在济源宿舍的盆里，可惜他许是想念山坡之清净逍遥，一直郁郁寡欢，后来就死了。难道是我的抑郁传染给了他？他没有医治好我的病，反而自己抑郁而亡。《本经》说："主蛊毒，疫疾，邪恶气，温疟。""主注易亡走，啼哭，悲伤，恍惚。"诗人们院子里都应该种几丛，可以疗悲伤与恍惚。

还有一对特别有趣的中草药叫重楼和青黛。"重楼"像一个侠客的名字，他青衣短衫，身披利剑，游走天涯，可倾心对弈，却不能让他留下。重楼的样子也像侠客：茎单一，飞奔的长腿，金鸡独立；直立的茎上，七个叶片如七柄青剑，柄柄都闪光；会开出百合一样的白花，但没有百合的柔媚，花瓣形状犀利，干净利落，好像一转身就奔赴天涯。重楼的别名叫"七叶一枝花"，虽然带了"花"字，仍然一片侠气。专治毒蛇咬伤，果然仗剑行侠，道高一丈。

青黛，像一个忧伤的少女，着青色衣衫，飘然独立，凝望白云出神。青黛让我想起林黛玉，她的多思多愁、聪明伶俐，只有黛这种颜色可以配。好后悔自己的笔名不叫"青黛"呀。青黛是几种植物的合体，马蓝、菘蓝、蓼蓝叶中的干燥色素组合在一起叫青黛。我家院子里长过一棵蓼蓝，长的绿叶子，紫色小绒花，在风里自在地飘摇，很是可爱。重楼遇上青黛会怎样呢？这个问题就好像是问柳湘莲遇上林黛玉会怎样。一定会擦肩而过。黛玉不会喜欢柳湘莲，她的心性，只会喜欢与尘世保持距离而又心思清洁的宝玉。而湘莲浪迹天涯，行踪无定，只能是远远的马蹄，嗒嗒地走过。

在伏牛山的太平镇、二郎坪镇的山谷里，更多见到的是成片的山茱萸林。山茱萸的叶片涩涩的，叶脉宛转曲折，在叶的尖端合流在一起。青色的果实一簇簇地靠在一起，每一个小青果都像一个灵魂，安静地靠着叶脉宛转的叶子，享受着伏牛山的月光与清风，等待着秋天染红自己，被一只只温暖的手摘下，送进药房，与地黄、山药、牡丹皮、泽泻、茯苓一起，相互拥抱黏合，成为一体。它们既紧紧团结，又相互制约，滋肾养肝，延缓衰老。中药就是诉说天道，中药是没有分别、万药平等，再名贵的药也要容纳，融合，而廉价的甘草却是许多药合力治病的虹桥。就像六味地黄丸，三补三泻，相互依存，才能滋养人体。

这一夜，我们住在伏牛山的深处，落日缓缓下沉，群山在白云里沉浮不定。千万种虫子、蝉、纺织娘，在暗下去的天光里合唱着，露水下降，月亮上升。我哪里舍得睡去。起身披衣，沿着山野小路散漫地走去。月光把群山的轮廓柔润地细细描画，群山沉入了梦境，所有的植物都沉入朦胧的月色里，它们是在做梦，还是在睡觉？那些散落在树林里的，那些紫苏、香薷、白芷、细辛、辛夷、连翘、紫花地丁、青黛、白薇，在沉思默想，还是轻声吟唱？那些商陆、佩兰、香橼、紫珠、半夏、降香、紫菀、苏子，你们是在抱着露珠发愣，还是独坐在月光下发呆？我远远地看着你们，羡慕着你们，能有这一刻与你们在一起，也是有福的呀。也许，我们将有重逢的日子，你们会从中药房里重新涌向我，我迎接你们的时候，是不是同时迎接了今夜的月光、清风和虫鸣？我们会在陶碗里相见，你不再青翠，我亦不再年轻，草木的咒语里，我们彼此凝望，心心相通。

请接受一个人对满山中草药的深深谢意。

一個作家可要做的事應是努力多寫用文章布綠往心裡移植草木讓沁人心脾春暖花開

丙申初春錄十年前舊語也 馮傑

月亮和花朵都会尖叫

雨水过后,好像有什么不一样了,坐在窗口,听到斑鸠在对面的密林里深沉地呼唤着,像是想念一个人,又不好意思说出来,脆弱而又矜持,但我怎么也看不到她的身影。看不到就看不到吧,贾母不是说,箫的声音是要远远地隔着水听才好。鸟声也是。

能听到鸟声是幸运的,能与她们偶遇更是神迹。那天,正在小区散步,女儿扯了一下我:"看,是不是鹩哥?"一只黑身子、黄嘴巴的鸟正在树隙间鸣唱,她一会儿发出喜鹊的"吱吱",一会儿又像吹口哨一样叹起气了。我想起姐夫家的鹩哥会学公鸡叫、猫叫、狗吠,甚至会像姐夫一样咳嗽、叫姐姐的名字,惹得一家人大笑。鸟给人带来多少乐趣呀。我也是看到姐夫养鸟,羡慕不已,回来到花鸟市场买了一只鹩哥。因为是秋天的鸟,不像春天生的鸟爱说话,我每天都无数遍地教她说"你好,你好",她刚刚开始时说不太清楚,渐渐学会了,见到我走近,就开始含混地说:"你好,你好。"我出差,叮嘱家人每天给她添水续粮,几天后回来,急步进屋,看到鹩哥两眼无神，站立不稳。她幽怨地看了我一眼，我慌忙地给她换了水，还没有走到鸟笼跟前，她就一头栽在笼里，断了气。我忘不了她看我的眼神，似有万语千言，却什么也说不出。

那日与故人相见，坐在小桌子旁相谈甚欢，忽然窗外一只橘红嘴巴、灰白胸脯的鸟停在窗台上。好像是受了我俩的感染，他转动脖子，黑眼睛也随之转动，开始鸣叫时，脖子上的羽毛蓬松，翅膀也不由自主地张开，每叫一声，尾巴就朝下点一下。我俩都不再说话，聆听着从这只小身子里发出的声音。这声音好像为我俩持续绵长的情感装饰了背景音乐。叫了一小会儿，这只棕鸟低头在窗台啄了起来，我俩也相视一笑，好像这只棕鸟拉近了彼此，我们之间有一点小小缝隙，也被这绵密的鸟声填得密不透风。这只棕鸟再一次歌唱时，活脱脱一只画眉的声音，婉转清亮，落在两个有情人的心里，瞬间成了日后相认的印记。

小区林密，鸟种类渐渐多起来，自前年开始，一过春节就能听到一种奇特的空洞的声音。经过反复辨认，应该是啄木鸟，它们长长的嘴巴，在树林里"嘟——嘟——"地响着，好像在模仿春天的脚步声，听着听着，天气就燥热起来了。湖边的荷里，每年都有新的鸟，野鸭子一直都有，刚开始在荷叶深处嘎嘎地叫着。一群黑灰色的小毛团团漂浮在水面上，在荷叶间若隐若现，让人觉得荷与水之间有秘密无数。前年下半年我病了,经常呆坐在湖边,有一种小黑鸟,细长腿,瘦,黑羽毛,像极小鸡雏,叽叽喳喳,但是一会儿钻进水里,一会儿浮出水面,还一跳上了荷叶上,比露珠走得稳,看得我发呆,羡慕得紧。有人说是水鸡,长不大。

我小时候喜欢养动物,大概是没有玩伴。家里猫狗不断,每年春天都要养小鸡。奶奶不让我从路边买,一般她都要让自家的老母鸡抱窝。想生孩子的老母鸡脸红着,嘴里不断地发出"咕咕咕"的叫声,奶奶说她是害喜了。这种病好像是会传染,鸡群里,会有三四只鸡都狂叫不停,奶奶选好一只让她抱窝。选好的鸡蛋放在铺有麦秸的草筐子里,母鸡坐进去就安静了,垂下眼睛准备好好养孩子。其他狂叫害喜的母鸡,奶奶在她们的尾巴上拴了红布,母鸡被身上的怪东西吓得咯咯直叫,叫着跑着,把生养孩子的事情就忘记了。

小鸡的声音是粉色的,听着心里毛茸茸的。一个个跑起来不稳,好像随时要摔倒,母鸡带领着他们,一会在土堆里,一会在草丛里,刨出食物她自己退到一边,让孩子们去吃。两只小鸡有时也会为一条小虫子争夺起来,然后在母鸡的呼唤声里重归于好。在我听来,小鸡的叫声有依赖与娇憨,完全是个幸福的童年发出的声音。我童年缺爱,对这种娇憨的声音没有免疫力,听了心和身子都是软的。后来看国画,陈老莲、徐渭、齐白石他们都画小鸡，娇憨从记忆钻进纸上，让人感慨万端。

我家不养猪，不养牛，只养羊，还是山羊。奶奶说猪脏，牛个子太大，山羊最干净。山羊格外调皮，叫声甜美。母羊长有胡子，眼睛温顺，而我最喜小羊羔，他们通身洁白，眼睛纯洁，嘴唇粉红，叫声除了和小鸡一样娇滴滴的，还有十二分甜美，尾音颤抖。特别是三只小羊经常离开母羊跑到田野去，疯了一样顺着草埂跑，跑累了，听到了母羊呼唤的声音，三个小家伙一路应答，一路奔跑，现在我还能看到他们的样子。他们跑起来时，脖子上两个小肉铃铛左右晃动，快到母羊跟前，叫声更加密集，然后，他们一头拱进母亲的腹下吃奶去了。吃奶时的小羊还哼哼着，嘴巴四周沁出白白的奶液，我也好想去吃一口呀。

鸟最喜欢栖在竹林里。原来姐姐家门前的护城河边有一大片竹林，黄昏一到，众鸟归巢，竹林成了一个巨大的音箱，各种鸟都在交谈一天里的见闻，方言俚语，花腔小调，你说你的，我唱我的……让人想起旧日乡村的集市。鸟的寒暄与人的寒暄有多么相似，他们唱歌一样的声音里满含着欢乐与满足，也许鸟儿们主要在报告，我今天意外在构树上发现了风儿故意留下的构果一枚，我在河边的草丛里捉到了三个苍蝇还有若干小虫子，肉可多呐……咳，我在树林里发现了一个特别大的女贞果，甜蜜蜜……这是我臆测鸟儿们的对话，谁能确切地知道这些欢乐的声音里到底说了一些什么呢。也许说什么都不重要，关键的是人类从中感受到了小小的满足与喜悦。有一天，女友海燕在巩义的石窟寺的小竹林里听到黄昏的鸟鸣。"这是我听到最美的合唱了，人类无法模仿其一。"她说。

最喜欢群居的鸟莫过于麻雀，这种布衣葛巾的小鸟儿，像人类一样热衷于开会讨论，尤其是秋冬季节，也许食物危机让他们必须讨论觅食路线，也许居于弱者地位让他们必须团结对外。多年前，女儿刚转学到郑州，小小人儿第一次感受到孤独，她把目光更多地投向了动物，还是她发现了一棵大树上聚集的麻雀，她拉我一起去听。那是一棵落光了树叶的杨树，上面站立了几百只麻雀，如果不是他们热烈的讨论声，我还以为是满树的叶子都还没有落呢。麻雀的声音平时是琐碎而唠叨似的，但此时合唱却是气势如虹。他们热烈讨论的声音是那样动人，我想，回家把那袋小米撒在院子里，告诉他们一定要去哇。

女友们有一次在南湾相聚，竟然是农历的四月十六。月光如银，泻了一地。大家起身向南湾湖走去。一路上，左边的水田里是阵阵的蛙鸣，时停时响；右手山坡上草丛里，有虫子在轻声鸣叫。绿萼说，率先鸣叫的是公青蛙，声音嘹亮，自由奔放，接下来和声的是母青蛙，温柔悦耳，时断时续。我们羡慕了一会儿信阳的青蛙,感慨动物的命运因为地域不同而不同。山坡上的草丛里的虫鸣不是蟋蟀,可能是金钟儿,声音细腻悠长,带着南湾湖的水音。路边的广玉兰正在开花,如荷花一样飘浮在黑夜里,那醉人的清香让我们嗅了又嗅。

到了南湾湖,满月下的南湾湖水面缥缈,湖边青山更是隐约如梦,远远的一切都笼罩上了乳白的轻纱,让人突然间如跌梦境。更远处的湖水有着碎银一样的光芒,一切静了下来,连鱼儿跃出水面的声音都听得如此清楚。鱼跃出水面,就像情人从梦里走到眼前,那细微的声音都被寂静与黑夜放大了无数倍,好像这几尾鱼不是跳出水面,而是跳进月光里,泼刺一声,是月光碎裂的声音。大家都被这美震惊得无语,各人看着月光下梦幻的湖面出神。有人提议走下湖堤,水面就在眼前,月亮在水中散成了无数个,随着水波晃呀晃的。这种梦幻之美真有一种让人沉溺的冲动,想那大诗人李白"见月影俯而取之,遂溺死",此时此地,真的太能理解了。湖是安静的,让人出神的,荷花开时月光下窸窸窣窣的声音,青蛙连片的叫声,鱼从水面跃起的声音,这些声音让人尘虑尽消。

但海却是让人兴奋动荡的。我是个中原人,从小没有见过海,对海一直有一种距离感,内心总有一种又恐惧又喜欢的感觉。海广大无边,那澎湃的潮汐,那不倦的涛声,总让人不安。九十年代带女儿去普陀山,黄昏潮汐陡起,海里有一股蛮横神秘的力量在冲撞着,推动着海水,远远的涛声如雷,水面起了高高的水墙,奔腾着向着岸边奔来。我没有经验,沉醉欢笑,拉着女儿站在海水里。瞬间,海水没顶,女儿的小身子被海浪托起来,说时迟,那时快,出于一种生物的本能,我闪电一样抓住了女儿,心一阵狂跳,这漫天轰然的声音差点夺走了我的女儿。我说过,海好像是情人,他给予的美好总是动荡不安的,变化莫测的,每次我沉醉在海的美中时,总是又兴奋又不安,这样的感觉,久了就会累。

原来,我一直想住在山里,觉得山里有许多动静都是我喜欢的。有许多植物在我的屋子周围,花想什么时候开就什么时候开,果子想什么时候落就什么时候落,月亮从东山上缓缓升起,喜鹊被惊得飞起来,我坐在自己的茅屋前,就这样一直看着月亮。露水悄悄地要落下来了,星子越来越明亮。花开的声音像一只刚刚出生的小鸟在鸣叫,果子落时像天上的星子一起闪着光落下来,月亮从东山上升起时也有溪水流动的声音,露水降落时有神秘的"噗噗"声。为了这些美妙的天籁,为了让我的耳朵被清洗,我亦愿意死皮赖脸地活下去。我的世界里一直有各种鸟在说话,一直有着月光那空灵神秘的声音,一直有着开不完的花朵。为了明净与自由,我也要努力做一个勇敢的人,生出无限的力气,长出坚韧的枝条,不论是放在山上还是海里,都能像植物一样开出好看的花来。

十月蟋蟀,入我床下

我喜欢听蟋蟀叫,因为它是黑暗里的声音,也是清凉的声音,好像他是替我当了隐士。

蟋蟀的叫声一般在大暑之后出现。今年天热得久,又不下雨,大暑后,外面像是火烤的一样。我走在竹林外,听到细弱的蟋蟀叫声,好像是被这热浪呛住了嗓子。七月的最后一天,一场并没有张扬的夜雨把持续了一个月的高温拍在泥土里。气温微妙地凉下来了。

黄昏走在小花园里,蟋蟀的叫声突然灌满了草地,好像喝足了雨水后无上欢喜。每年夏天,我都在等待着他的声音,细碎而悠长的声音让人对酷热的告退有了信心。蟋蟀声音繁密时,秋天的凉气已经在树叶的后面集结了。

晚上回宿舍,听到门后的花盆里有细弱的蟋蟀叫,我吓得屏声摄气,不敢惊动他。他是如何进到家里,又如何知道门边有一个花盆,这似乎是个秘密。我取了一朵南瓜花放在花盆里,据说蟋蟀喜欢食之。夜深,月光破窗,我醒,听到蟋蟀叫,是他,但声音锐利明亮,好像月光给了他胆量。他是从

《诗经》里跳过来的吧。那样悠长的思无邪，从七月流火到八月剥枣，十月获稻，节令与时间淌淌地流着，七月在野，八月在宇，九月在户，十月蟋蟀，入我床下。

现在是七月底，夏天如火如荼，烈火烹油，好像这繁花似锦永远也没有尽头。但蟋蟀声是个转折，那些凉气是从泥土里缓缓上升的吧？我们还在热浪里浮沉时，蟋蟀已经敏感地感受到了。心里烦躁，坐在自家的小院子里听蟋蟀叫，他"折——折——"的声音有露水的清亮，听着，人就安静下来。

今年院子里葡萄结得很多，但个头小了。黄昏时我总是站在葡萄架下，伸手摘一颗放在嘴里吃。葡萄一秒钟前还在枝头上，这一秒已经在口腔里，她连惊呼都没有发出来，就在我的牙齿间碎了。一股酸甜的汁液充满了口腔。我喜欢与自然的这种无隔，好像我就是那个站在石榴树枝头的喜鹊，葡萄就是我所有的欲望。葡萄的紫色是一种特别苍茫的紫，不是闪亮的直接的，上面挂的那层白霜，让她的紫色呈现了一种浑厚质朴。这一木架葡萄在院子里，院子就像一幅齐白石的国画，有蝴蝶，有蜻蜓，还有麻雀和喜鹊，都是闲笔。我开门，穿过画出门；我回来，穿过这幅画归家。

下了一场雨，早晨开门，葡萄落了一地。熟透了的葡萄哪禁得起雨的打击呀。晚上散步回来，远远地已经听到清亮饱满的蟋蟀叫声，不在树丛，也不在麦冬地，就在我的小院里。两只,鸣叫声不一样,一个是高低音"唧——吱——",满足而幸福,一个是清亮的"唧——唧——",兴奋而欢乐。我能想象他们发现了葡萄的样子,吃一口,酸甜美味,可是比植物的根或者麦冬更好吃呀。太阳落了,露水迅速集结,清凉的日子是多么美好。科普书上说,蟋蟀在二十摄氏度左右的气温下最自在,最开心,若气温超过三十二摄氏度,他就不爱吭声了。我没有进屋子,直接坐在台阶上,听蟋蟀一高一低地唱。他们唱着,我觉得夜色更加广大起来,且在叫声中起伏不定。我感觉不像坐在台阶上,而像是在海水里。加勒比海,大西洋,我在黄昏的海浪里,被奔腾而来的潮汐托举又放下,那种载浮载沉的感觉就像现在,此刻。此刻,我也很是恍然,我不知道,自己是坐在由蟋蟀鸣叫连成的海浪上,还是坐在台阶上?

接近处暑的时候,是蟋蟀最欢喜的时候。凉意正好,草丛里,灌木林里,小河沟边,越是黑暗的安静的地方,蟋蟀叫声越密集。大地被这密集悠长的叫声抬高了三尺,人在黑暗里走路都有点飘浮不定。这是一年最好的时候,暑气正消,初秋清凉。欢乐吧,过了白露,就是霜降,他们的好日子就要到头。

清代的蒲松龄写过蟋蟀,他们山东不叫"蟋蟀",叫"促织"。南阳人也说促织,但南阳话后音太强,读成"促主儿"——这只促织因为皇帝喜欢斗,就主宰了普通人的命运。

为了帮助自己可怜的父亲，成名的儿子变成了一只促织，一番拼搏，献于宫中。这多么让人悲伤啊。有时看到灯下两只蟋蟀相斗，就疑心是不是"聊斋"里的促织蹦了出来。

我们的身体里住着一只蝉

蝉,南阳人叫她"知了"。秋天的歌手。立秋之前,天地的舞台都是她的,绝对主角;立秋之后,蝉声渐弱,最后只剩下蟋蟀了。

蝉一般是在夏至时开始高唱。今年夏季少雨,蝉蛹无法拱出地面,她的歌唱来得晚一些,好像是六月底才听到她的高歌。法布尔说她们"四年黑暗中的苦工,一个月阳光下的享乐",我曾经在《白露为霜——一个人的二十四节气》中写过她们,可能自己的生命也在黑暗中徘徊过久的缘故,我对蝉怀着隐秘的同情,我几乎感同身受她们的痛苦。那暗无天日与黑暗里的等待,那不知前程的迷茫,那重见光明的欣喜若狂。下过雨的早晨,如果你足够幸运,在五点的晨星下,可以看到蝉为了飞翔的挣扎。

她牢牢地抱紧一个小桂花树的枝。她身上还带有泥土,尤其是头上和腿上,泥土已经干了,可见她也许从地层里拱出来已经三四个小时了。这时她准备脱下这身禁锢自己的硬壳,可是这副帮助自己钻出泥土的硬壳是如此僵硬,难以挣脱。她拼尽了力气,想把自己从背上裂开的缝隙里挣脱,但腿却卡在那里,还有缩成一团的翅膀也实在纠结。她松懈下来,喘气休息,凝聚更多的力量。这一次,她浑身颤抖,好像她要爆炸了,她半个身子已经挣脱了,是淡绿色的,一块有阴影的新鲜的碧玉。这颤抖仍然在持续。

在一边看着的我不知不觉地攥紧了拳头,我全身的肌肉都开始酸痛了,我几乎要帮助这个可怜的小东西!我想帮她扯下那个灰突突的壳,但我忍住了。生命的成长是靠自己不断痛苦挣扎完成的,任何拔苗助长都注定是错误或者多余的。她再一次停下来,几乎是完全静止了。这一次长久不动,也许她的力气已经用完了。我向前走,但走了几十米又拐回来了。我决定迟到。我一定得看到一个生命的蜕变。我回来时,她已经从壳里挣脱出来了,那个空壳像一具空了的尸体,挂在树上,而这个淡绿色的小东西,像一个刚刚离开羊水的婴儿,衰弱而安静。身上是湿润的,她安静地伏在树枝上。我惊喜地注视着,希望她快快飞上枝头。十几分钟过去,她动了一下,她的背上已经开始染上淡棕色,嘴巴和眼睛开始发黑。她的腿脚开始有劲儿,她颤颤巍巍地从树枝上站起来,伸开那纠结的皱巴巴的翅膀。那团翅膀像是从滚筒洗衣机里掏出来的丝绸,需要抖动晾干才飘逸美丽。她并不着急,天空更加明亮,晨曦正由蓝变青,她的翅膀抖动着展开了,一切都是那样巧,这时风来了,风从杨树的枝头喧哗着奔跑过来了,帮助她快快地飞起来。她粘在一起皱巴巴的翅膀在风里迅速地展开,多么好看的淡绿色丝绸,上面有自然的丝线。这完全是神的力量,生命里最美好的一刻被人撞见。我是多么幸运。

现在,太阳已经从树林里升起来了。空气里开始有了温度。万物安然有序,没人知道一个小生命经历了成长中严酷而又激动的时刻,她完全成了一个新的生物。她的旧我仍然在身边,她能看到过去的自己,如果不拼力摆脱自我的困境,新的道路永远不可能出现。她此刻是庆幸的,兴奋的,喜悦的。她也低首看看自己,她几乎无法认出自己:长长的细细的腿,由绿转白的透明的翅膀,明亮而略略突出的大眼睛,一个美女。她顾盼有情,路上已经开始有了行人,远处城市的声浪正在升起。危险越来越逼近了,必须得飞起来了。我看见她开始摩擦翅膀,发出丝绸裂帛之音,突然"嗡"的一声,她飞起来了。她掠过杨树低的手臂,向更高的枝头飞过去。我呆呆地站着,我已经无法在闪动的叶片间看到她,从此在短暂的生命里,她实现了自由。愿处暑之前的日子她都欢乐,歌声都嘹亮。我在心里默默地祝福她。就在我回首要走的时候,我听到了头顶的绿叶间流泻出稚嫩明亮的嘶鸣,应该是她吧,初试新声,还有点青涩顿滞,很快风声与阳光会给她力量,她会唱出自己最明亮的音符。

我开始从仙境走向尘世。这是每次沉醉大自然之后的感觉，自然带给我的惊喜交集、平静喜悦比人间要多，如果说我一生都在寻找爱情，其实我早已寻到，那就是自然，她的寂静美好，安然有序，如沉默不语的恋人，时刻在望向我。就像今天这个奇妙的早晨，我看到了一只蝉的新生，好像看到了自己。我边走边流下眼泪，不知道是为自己，还是为那个可爱可敬的小生命。所有的生命都可珍惜。

山里动物的声音与平原上的，当然也包括城市里的，有着根本的不同。就说蝉声吧，夏天在山里的小道上走着，蝉就在周围的灌木与树林里高高低低地唱着。山里的蝉声非常丰富，特别是一种小黑蝉，叫声带有金属的震颤，末音有"啊——"，高高地掠起来，像西方歌剧的唱法，非常有戏剧效果。那天我陪家兄在王屋山的一条山谷里散步，他膝盖有病，本来说在山谷里走一会儿就回去，但蝉声伴着小山风，还有一阵阵草木的清香，让家兄心情大好，他坚持继续走走。这时，他看到了小黑蝉。他指给我看。我趋前，小黑蝉有一般蝉的三分之一大小，通体墨色，眼睛也是黑的，他紧紧地搂住杨树，专心致志地唱。他在唱高音时，肚子也随着翘起来，像个高音歌唱家伸长了脖子。我忍不住笑出了声。他"忒"地飞走了。在这条山谷里，经过一片葡萄林时，我还看到了竹蛉——儿时经常看到她。她长得像绿蚂蚱小时候的样子，但十分优雅，长长的淡绿色的翅膀,头上还有长长触须,体形较蟋蟀小许多。但她叫声清亮,高低起伏,像个抒情的花旦。山里的草丛里,还有一种歌声清亮的小虫子,叫"纺织娘",我们小时候都叫她"蝈蝈"。她们大部分都是绿色的,也有褐色的、棕色的。她们的声音比起蟋蟀更加悠长,"织——织——织啊——"这三组声音,高低起伏,非常和谐,在如黛的山谷里回旋着。

在这天籁里浮沉的自己,身体有一种不属于自己的空虚,像一个喝得微醺的人,幸福而满足地在黄昏的风里摇晃着……

鄉音
丁酉初春 馮傑

龙踞谷里的桃源梦

龙踞谷在山的边缘。车子七扭八拐了半天，才看到一块小牌子，用铁丝固定在树上，但被另一块强大的广告牌给挤到一边，像个藏猫猫的小孩子，半遮了脸。我们顺着箭头再向山谷冲时，先是一群羊挡住去路——我最喜欢的山羊，雪白细软的毛，脖子里挂着个肉铃铛，棕色温和的大眼睛，满满的是温顺，它们在路边的绿草丛里出没，像开在草丛里的大白花朵。然后是十几头牛，毛皮光滑，步态从容，还有两只小牛卷着自己的尾巴，不停地从路这边奔到那边，看不到妈妈时就哞哞地叫几声。有一只小牛娃，就蹲在车头，愣头愣脑地看着车，好像在研究这个黑色的庞然大物是什么东西。

一家人去看在山里搞农庄的同学。他的农庄的名字就叫"龙踞谷"。车快速掠过一块向日葵地，然后是菜地，一阵狗吠声，我们到了。同学的桃林占满了山谷，空气里都是清甜的味道，圆滚滚的大桃子落在地上，蚂蚁们贪婪地在桃子里钻来钻去，果然是甜蜜的东西都喜欢哪。但大部分桃子开始变色，腐烂，融进泥土，然后明年春天再次变成枝头的花朵重新绽放。"冬天买了几百公斤的鸡粪,一锨一锨围在桃树周围。"同学真的像个农民,他注视这些桃树的眼神都不一样了,眼神里有柔情与慈爱,好像那些桃子是他的孩子。我摘了一个,开始吃起来,他跟在后边问:"甜吗?是不是很甜?"再向前走是黑布林和紫布林,都是美国传来的品种。南阳叫"灰子",其实就是李子,小小的,挂着白霜,六七月份熟透之后,是黄绿色的,吃一口酸酸甜甜的。

他的规划图挂在墙上,未来会在这山谷里冒出小木屋、公寓,让渐渐老去的人在这里一边亲近土地,一边休闲养老。我看了都替他发愁,这得什么时候才能成为现实呢?山居最好如终南山的二冬一样,什么产业也不做,每天就是记录一下大自然的变化,看看花,养养狗,在林子里走几圈。所有的理想一旦与商业联系在一起,就不可避免地变得紧张焦虑。

"好想要一个破旧又洁净的居所啊,空间是小的,视野却要阔大。附近有溪流、耕田、竹林,离山下的集市大概半小时车程。要有屋檐,下雨和起风的时候可以坐在屋檐下发呆。"离开龙踞谷时我对家人说。

我说的是桃源梦,不是龙踞谷的现实。

今晚的月色真美……　　

　　走进大鲵谷时，月亮已经升起来了，就在山上的树梢上游弋。天空乌蓝，月亮那银色的笔在细细描画着山的轮廓，那山当真如卧着的黄牛，正在温柔地呼吸，草木在山的脊背上也正微微呼吸。随便走上几步，月亮的位置也开始变化，刚刚在这个山头，现在飘移到那个山头。何不月下漫步，就在这山谷里。
　　他曾紧随着我向山谷深处走去。在生活中，总是他顺从我多于我顺从他，这习惯不知道是何时养成的。山谷里有溪水的声音，路边的树都静默着，黑魆魆的，好像有许多神灵藏在里面。远山如睡，也静静地沐浴在牛奶一样的月光下。这时候月亮好像是世界的主宰，世界的一呼一吸就在她的怀抱里，满山谷的白月光静得似乎要响起来，月光的确是和一川溪水一起鸣响着，轻轻淙淙地弹奏着。路边有一处院落，有人在月下推门，吱吱呀呀，听得见撩水洗身的声音，却看不见人影。再向前，只见有人或者是一个怪异的黑影站在路中间，高大而黑暗，像儿时听说的路神。我的脚步有些迟疑起来，终于不前了。月光幻化了万物。树，人，神灵，完全可以混为一谈。

已经有蟋蟀在叫了，也许不是蟋蟀，是绿色的豆娘，在草丛里，在石头下，正在月光里轻吟低唱。远山越来越近，山的轮廓更加静默起来，山头上的那颗星星更亮了。"今晚的月色真美！"我顺手拍下月亮，发给好友，他会不会明白我的心呢？据说夏目漱石曾将"I love you."翻译作此，非常喜欢这样用词的含蓄与隽永，这远远比直接说出来更加美好。但这个世界上，哪里有如此相契的人呢？不是缘木求鱼，就是对牛弹琴。高山流水的知音有时只存在于想象之中。想到这里，满山谷的月光也怅惘起来。

回房间的路上，我还是没有忍住看看手机，他的微信没有动静，他没有看到我发的月亮。

风声和博尔赫斯谈话录

界岭山庄 36 号门口种了一溜肥胖的绣球花,它们温柔可喜地在风里摇晃着,白的,粉的,还有蓝的,紫的。女主人叫刘大雁,丈夫叫郭小燕。

这是山腹地的一条山谷,在老界岭景区内的东干沟。这条山谷盛产白云与溪水,还有满谷摇晃的花草,还盛产月光和星群,还有鸡鸣和狗叫。我想,肯定还盛产仙人和精灵,只是我们看不见而已。不知道这太平镇东坪村的乡民可否遇见?住下来这天天热,午休后坐在大露台上,我带了《博尔赫斯谈话录》、黑塞的《悉达多》和弗雷德里克·维杜的《猫的私人词典》。在这样的山谷里看这些书,书里的文字染上了伏牛山的草香。

我坐在露台上读着博尔赫斯的高论。他说:

要回到过去,过去是我们的财富。这是我们唯一拥有的东西,它可以由我们来支配。我们可以改变它,我们可以把那些历史人物想象成别的样子。

合成过去的不仅仅是具体发生过的事件,而且还有梦境。

大概是下午四点钟了,山投过来巨大的阴影,露台一半在黑暗里,一半在明亮的阳光中。这时候,神秘的事情发生了。一股股凉气从山上树荫里、泉水里幽幽地漫过来,好像整座山在微微吐出凉气。但从马路上还刮过来热的风,这一凉一热的气流在我周身上下流窜,好像博尔赫斯说的过去与现在,就像梦境与现实。还有一两声鸟鸣顺着凉风吹送过来,像是博尔赫斯访谈时停顿下来的省略号。

晚饭后,风彻底地凉下来了。这时候的凉风从松林后面,从溪水水面上,从岩石上,从草尖的露珠上,甚至从月亮上,丝丝缕缕地汇聚在一起,他们像小孩子一样牵着手,开始了散步,撞在人身上,只是掀动一下衣襟,就轻俏地跑开去。灰喜鹊的翅膀被风吹得露出了好看的白羽毛,豆娘的声音被风吹得一缕缕地飘着,大丽花、野芝麻花还有博落回在沟边谈论着今天的好天气,风掠过她们的身体,她们拥抱之后,赠送给风更多的香气。

晚上睡觉的时候,风声大起来,后山的松涛都震荡起来,我听见"呱呱叽叽"惊恐的声音,他们的美梦被风摇醒了,在这样大风的夜里飞起来是件困难的事情。我在黑夜里听到更加低沉的声音,也许是猛兽们在山顶走动,也许是神灵们在夜色里飞翔。满山的石头是不是也在风里长了翅膀,跟随着猛兽们在山崖上狂奔?在山里大风的夜里失眠是件令人恐惧的事情,幻觉会打败你的意志,有一阵子,我担心,自己睡觉的屋子会不会像马尔克斯的马孔多小镇,也随着大风消失在天边?

当朝霞照亮山峰的时候,风声突然小下去了,好像神灵退位,把尘世重新交回到人类手里。等我起床,站在晨曦里,已经看到女主人在切菜,她的婆婆在烧火,蓝色的炊烟沿着后山一路高升,我都要看痴了。风完全不见了,好像天光是利剑,斩断了他们的翅膀,他们一下子就掉落在山谷里,完全消失在山洞里。

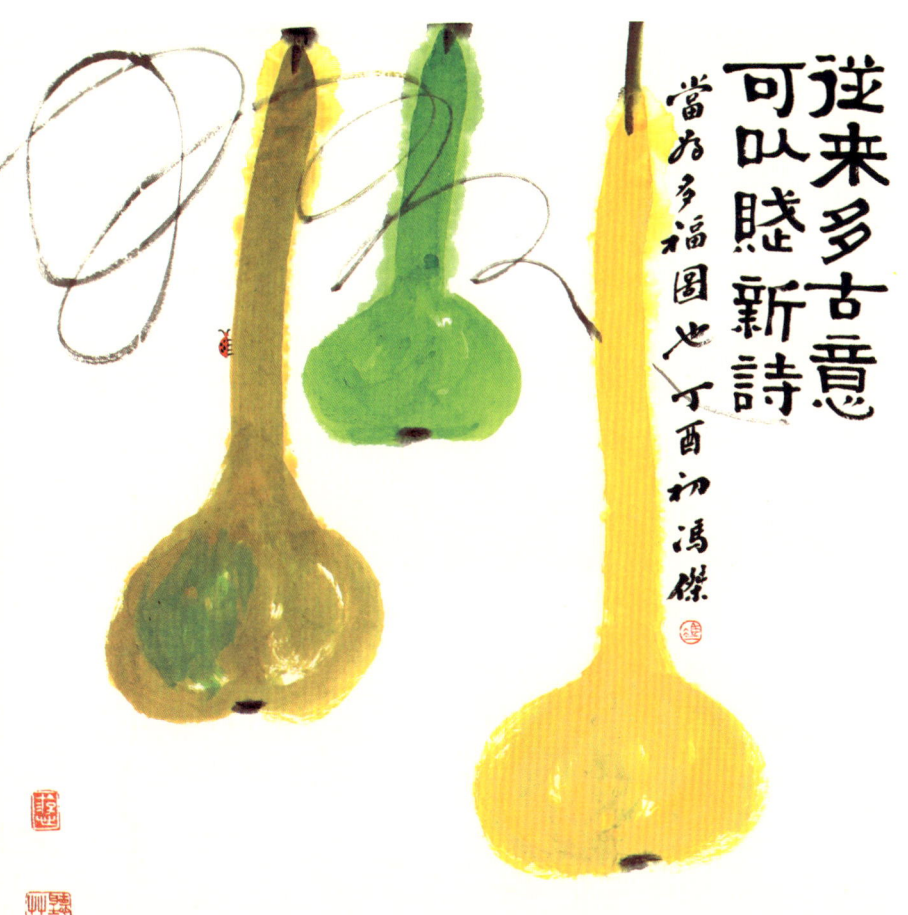

雨里青山梦里人

雨还没有来时,其实已经感觉到了她的凉。蜻蜓在院子里集结盘旋,他们的大眼睛亮晶晶,好像已经看到远方缓慢移动来的雨。

风里有着凉气,好像恋人冰凉的小手,可触可感。雨下起来的时候,山谷里开始冒着白烟,岩石上冒着青烟,树林里冒起了绿烟。这各种烟搅在一起,山色朦胧起来了。

雨就在这时下起来了,打在鼻尖上,好凉。粗野,直接,像个乡下孩子,直接就奔到眼前了。世界响亮起来,蝉也不叫了,一切服从于雨。一条大黄狗不怎么怕雨,在雨里兴奋得走来走去。再出门时,门前的溪水涨了好高,浑黄的,带着草叶和花朵,还有枯叶,轰轰地响着,奔流着下山了。

对岸的房子看不清了,竹林也看不清了,都罩在雨里,似真似幻。牛站在雨里,甩着尾巴,他喜欢这清凉的雨水。燕子也不怕雨的,他们呢喃着,在雨里穿行,黑尾巴更加明亮了。下雨时黄昏来得很快,黑夜以比平时更快的速度笼罩了四野,只剩下雨声与灯火了。黑夜里的橘红色,让人温暖与安心。

雨令昼长，令夜短。雨隔离了人与世界，人这时只看到自己、自己身体里长长的过去。那些爱过的人、逝去的亲人，借着雨声，来到门前，在雨的蓝雾里上下浮沉。我们看到雨丝系着一个个逃逸到另一个世界的亲人，将他们带到了我们面前，他们模糊的面影还是那样亲切，身体里还散发着我们喜欢的味道，雨呀，请不要停下来。

夜里，我被雨声惊醒了，窗外雨声如洪荒之音，好像全世界都浸泡在雨声里。早晨开窗，一群大的粉蛾子趴在窗外，紧紧地抓住墙壁，好像难民一样惊恐。

山谷里盛开的白莲花

下午雨停,白云自山谷缓缓升起,一大朵一大朵的白莲花,开放,散落,再次凝聚,开放,不倦地开放。白莲花开始上升,绕着山顶做缠绵状,山峰时隐时现,两分钟变换一次,突然白云撤退,好像做了决绝的告别。雨里青山是那样洁净明亮,绿得发亮,万物犹如新生。

我刚刚拍了几张,只一阵风,白云漫卷,重新又占领了山谷。这次白云升得更高,大堆大堆的,好像兵气森森。一片迷茫,一团幻觉。山谷里白茫茫的,除了白云,一切暂时都匿迹不见,房子,青山,河里吃草的牛,穿行的燕子,还有山上采药的人。好像世界坠入了梦境,软绵绵的没有力气,脚脖子也开始软起来了。就在梦将醒未醒之间,世界若存若失,若即若离。这时候风来了,风像个猛汉,推动着这个梦幻世界向前趔趄。白云旋转着,形状迅速改变着,本来在峰顶上的缠绵悱恻突然成了告别。白云开始飘移,青山面目洁净,娇艳异常。再抬头,白云已经不见了踪影,难道白云都是精灵化成的?说来就来,说去就去。失去了白云缠绕的山峰看上去孤零零的,少了许多韵味。就像一个失去爱情的女子,有点失神。

橡树上的星宿,在马厩里跺脚

下过雨的老界岭山谷充满了溪水声和虫鸣。

一家人一起在山路上散步。这天晚上的月亮有别于前几天的月亮,像个大镜子一样,明亮得好像反光起来了。上面的阴影看得特别清楚。我在这明镜下走着,想起博尔赫斯写给女友儿玉的诗:"那片黄金中有如许的孤独。……守夜的人们已用古老的悲哀/将她填满。看她,她是你的明镜。"是的,时时抬头望向月亮的人大概都是诗人吧,一个内心没有孤独的人是不会注意月亮的圆缺的。而月亮犹如明镜,她照见了孤独与爱,还有温情。

这天,月亮下烙着三个人的影子,他们是一家人,既互相关心又互相厌倦,但现在月亮的温柔黏合了他们,他们一起享受着月亮下的静谧、温存,每个人的脸上有着安静的笑意。月亮的温柔填满了彼此的间隙。这天的夜空广阔无垠,乌蓝明丽,月亮不像是在天空,而像是悬浮在宇宙之中,与天空遥遥相望。星河倾斜着身子出现了,还有明亮的北斗七星,一家人一起仰望星空。在温哥华留学四年的女儿,长期以来我的白天是她的黑夜，我们无法共同面对月亮，一起抒情。她与著名诗人痖弦住在一个城市里。"他说他有一个巨大的脸／在夜晚，以繁星组成。"痖弦的诗里是这样写夜空的星群的。现在乡愁消融成脚下奔流的溪水，我攥住她温柔的纤长的手指，好像握住幸福的此刻，而此刻正在过去，时间为什么不可能停止呢？"在黑暗中醒着／能听见橡树上的星宿／在马厩里跺脚。"星星纷纷在特朗斯特罗姆的指挥下跺脚，碎片纷纷落下，我和女儿共同感觉到天空飘下凉意。不是星星的碎片，是夏夜沉重的露珠。

今晚这深山的星空会被女儿记得吧？"教一个孩子明事理，这就是道德；教他明事理和欣赏美，这便是宗教。"记不清是谁讲的了，但我觉得让女儿懂得欣赏大自然的美，是非常重要的。以后不论生活如何贫乏，她仍然可以从白云、清泉、草木、花朵里感受一个生命存在的妙处。也许几十年后，我也化作尘土，但女儿仍然能记起这样一起仰望星空的夜晚，并为之缅想。这也许就够了吧。

山居一周，驱车归城，车从山里驶出，回首青山隐隐，竟然惆怅不止。人在山中成了仙，这短暂的仙人生活，竟然是那样不真实。就在狭窄的山口处，好像我在与群山里的仙人一一道别，与清风白云下的蜻蜓、青蛙一一道别，与毛茸茸、有着长睫毛的蓬花告别……而我正在与那个消逝在山谷里的自己告别。

一次非专业的访茶行

在曼迈

曼迈山寨里,阿婆包着彩色的头巾,背着竹篓,胸前还有娃娃在睡觉。她瘦小,黑,眼睛却清澈明亮。她回头一眼一眼地瞄着我们。几头冬瓜猪,黑色的,拖着肚子,哼哼地走过去。布朗族的寨子里,铁门上都有凤凰鸟,漆成蓝色、红色,小孩子们光着脚,快乐地追过来,跑过去。沿着台阶下去,一排房子,墙上有火道。有隐约的茶香。再向前就是茶山,有人指着那一丛丛树,说茶树,茶树。臻味号曼迈古茶园的吊脚楼就在茶山的半腰,榕树和栎树在窗户上沙沙地响着,一楼设着茶桌,茶桌边是一书架,一个布沙发放在书架边。坐在二楼的走廊边,能看到外边的山坡上种的红皮水萝卜,还有一丛丛油菜花,蝴蝶欢喜地乱飞。我不睡午觉,只坐在阳光里,看着那蝴蝶,看倦了,再看看远山。晚上,也舍不得睡,林子里,蟋蟀、油蛉子、豆娘,还有许多嘤嘤的声音是陌生的,这些重重叠叠的声音把半山上的吊脚楼抬起来了,我一阵迷乱,不晓得是春天还是秋天。想完就兀自笑了,这是西双版纳,是热带,哪里还有春天秋天呢?

田华拖着她的长辫子,带我们去贺开山古茶园。没看见古茶园,先是一棵又一棵千年的古树,站在山坡上,占了山坡半个,树冠如云朵子,飘浮在半空中。溪水边开着大片的白花,问了几个人,到底也不明白名字,只是抱歉地叫她"飘雪花"——我胡乱临时起的名字。叫她,她木木的,也不答应,只对着溪水照着影子。玉梅姐啪啪地照着,嘴里喊:"青青,你要看看,这像不像一幅画?"我不负责地回答:"像像像。"真是画家的眼睛,这小溪,这一片长满了绿藻的池塘有什么可画的?同行的大学老师指挥着我:"看看,这满地落叶,红黄相间,色彩多美,快拍照。"我不是个好学生,我钻进古树的树洞里。这棵树到底有多少岁了?在时间的荒野里,曾经发生过什么,让这棵树中间长出大洞?我认真看,这树洞里长满了各种植物,蕨类的宽大叶子挡住了我的手,还有一棵龟背竹安坐在树洞里,像个修行的隐士。还有一条说不出名字的藤,从树洞里蛇行而出,一路攀缘,到树顶之后,与树的枝叶打成一片,神龙见首不见尾了。

再向上走就是茶树林,田华说都是古树,但最粗也不过大腿一样。身子上挂满了青苔,干了的青苔像胡须一样飘着。再认真看,还有各种菌,有白色,还有黑色,还有褐色。有的像厚肥的蘑菇,有的像木耳,还有的像古怪的贝壳,支起耳朵倾听着风声。嗯,还有呢,茶树上住着各种各样的草,有多肉,有一节一节的,有长腿长脚的,叶子都不大。她们安然无事,像是天然地认为自己的家就应该在树身上。走着渴了,田华让吃茶叶,是吃刚刚萌生的茶叶尖儿。真是可怜见儿的,我掐了一个小嫩芽,放在嘴里,哎呀,真苦,真青涩。且慢,咽下去时有点香,好像是一团阳光和着露珠滑进嗓子了。哎哟,我叫起来,真甜。从口腔到嗓子,好像被清泉喷灌了一遍,有清澈的水从嗓子里冒出来,咽一口,身子里灌满了香气,好像这枚叶子带着万千的雨水与清泉进入了我的身体。我就这样晕晕乎乎地走着,人就躺在山坡上了,好像不是我自己躺下去的,是阳光绊了我一下,不,是鸟鸣轻轻将我浮起来的,是风推了我一下,反正不知道怎么回事,我就睡在山坡上了,身子下是厚厚的腐叶,阳光热热的,香香地罩着我,古树和茶树丛里,鸟鸣声像急雨一样打过来,我也不知道自己是睡着了还是醒着。我听到了古茶树在阳光下窃窃私语,也听到了布朗山那狂野而深沉的心跳。

萍子姐拉我起来,晕晕地向前走着,就碰到了岩叫。他是个高大的布朗族小伙子,黑,牙齿白得发亮,他的竹背篓放在摩托车上,背篓里放着青青的茶叶。他用不大熟练的汉语告诉我们,他是山下的寨子里的,二十一岁。他小时候下地干活就自制茶。"'咔'的一声,砍一节竹子,再扯几片茶叶,在沟里捡几节朽木，点火烧。把竹子放在火边烤着，烤一会儿，就会接点山泉水，再在火上烧一会儿，沸了，就可以喝了。"我听得神往，恨不得马上自制一杯竹筒茶。

"你说说，什么味？"我满怀崇拜看着他。他不好意思地笑了，看了看远山和近处的茶，鼻子使劲地嗅了嗅，说："就是这个味儿……""什么味？"我迷惑。"竹子味，芭蕉味，杧果味，石头味，青苔味……"他完全沉醉了，眼睛眯了起来。我也大笑起来，完全会了意。是呀，好茶集合了这大山里所有植物的味道。

在勐宋

绣球花、蔷薇花、鹤顶红、端午锦都在院子里开着。工人们在东边工棚里开始炒茶，我又开始恍惚起来，这到底是什么季节？蟋蟀与虫子轰轰地唱着，整个山都开始飘浮起来。炒茶的人在暮色里像是舞蹈，他们在大铁锅边旋转腾挪，戴着帽子、口罩，那样子像是医生。我们进木棚时，要求我们必须戴上消毒的帽子。"茶怕异味，也许你有香水味，也许你头发上散发有香波味，都会在这一刻影响茶的味道。""真的吗？""真的，茶特别敏感，摘茶、炒茶这天的天气，空气的湿度，火焰的温度，师傅的心情，都会影响茶的味道与品质。"

满棚子的竹席上摊晾着刚刚收回来的新茶,在萎凋,就是让新鲜的露水蒸发,让茶在竹席上慢慢地萎靡下来。那些茶无奈地睁着绿色的小眼睛,知道自己将要在火焰中封闭自己的内心,干枯自己的身子,她们也许惆怅难抑,那浓烈的青涩的茶香几乎把人冲倒。也许是最后一次,茶的一声叹息,我听到了,心里痛了一下。

臻味号勐宋茶初制所位于中缅边境的高山密林里,喜欢喝普洱茶的人,对于勐宋这个名字必然不是陌生的。勐宋,傣语地名,意为"高山上的平坝"。

除了臻味号勐宋茶初制所的灯光,大山完全黑暗下来,天空从青灰转成乌蓝,现在已经靛青,星星们跳出来了,一个,两个,呵呵,一群。我屏住了呼吸。单占生老师和苏嫒姐也过来了,我们一起向着密林深处走去。草丛里突然有亮晶晶的东西在飞行。"萤火虫,萤火虫——"我大声地喊叫着,惊喜交集。很快我们看到了更多的萤火虫从我们身边闪过,向着大树之颠集中。这里的萤火虫真大,真明亮。是发着蓝光的明亮。"像钻石一样的光芒。"苏姐感叹。五年前在武当山看过一次萤火虫,也是一群,那是橘红的光芒,暖色。夜色更加深沉起来,几乎是黑暗的。天空上的星流动起来,而树顶上的萤火虫也在游动,此刻我已经无法分清哪些是星群,哪些是萤火虫。突然我想起春节后做过一个梦,好像就是此刻的景象。我惊异于自己提前梦到了现实。那么此刻我到底是在梦里还是在现实里？按照佛家所讲，梦并不是虚幻，而是灵魂去了另一个维度的空间漫游。这么说，我在几个月前已经梦游了此地。那么，我的灵魂是如何找到这个地方的呢？

前边是一大片竹林，竹林又高又茂密，几乎遮了整个天空。路突然黑下来，好像天空合上了，星光与萤火虫都不见了。黑暗推了我们一把，三个人不由得靠得更近一些。竹林沙沙地响着，这黑暗更加深重，这黑暗有着重量，把我们向下压了一下。"回去吧，回去吧。"不知道谁软弱地咕哝。"再站一会子，这样的黑暗现在几乎感受不到了，在城市，我们时刻活在光里。"还有人在坚持。黑暗里，我们的手慢慢拉在一起。黑暗这时候不仅重，而且黏滞，好像空气里有不明的物质在流动，缓慢而黏稠。我听到自己的心脏在强力地跳动，"卟卟——"。黑暗压迫着它，它开始不安了。

第二天一大早，我、萍子一起转山。大雨过后的山是甜的。"是这空气里的竹子的清气。"走过昨晚那片竹林，萍子享受地深呼吸着。再走一条堆满腐叶的小路，空气里飘满了薄荷味，清凉而甜蜜。穿过云雾和一大片密林，我们看到了一间隐士的小屋。门开着，屋子里一床、一桌、一凳、一锅、一扫帚，还散乱地放着酒瓶、碗筷和一瓶立白洗衣液。显然人并没有走远。房子是用木板建成的，简洁而轻巧。最绝妙的是屋子外面还架着个竹子做的水道,一个大水缸放在一角,竹子可以承接屋檐的雨水,雨水再顺着竹子流进水缸,这真是好巧妙呀!

门口立了一个巨大的古树桩子,长满了青苔和菌子,一个蜘蛛在树间扯了一张巨大的网,此刻挂着细小的水珠。老师看中了一个树根,他说像仙鹤,自顾自拎上走了。我们拍了半天照,七拐八拐回到大路上,这时一个黑、瘦削、单薄的人迎头走过来,他背着一把宝剑,还有一个竹筐,穿着一件不合时宜的迷彩服。他笑着指老师手里的树根:"我家的。"老师挠着头发,不好意思地笑了。我们一阵比画带说,总算搞清楚,那个小屋是他临时的家,他是看茶园子的。他的家离这里几十里路,他过来一般就住一周。再看他竹篮里,有粑粑,有面和油,显然他准备入住小屋了。也许是和茶长期做伴吧,他像茶叶一样清瘦,但眼睛却是亮的。他挥了挥手,很快消失在森林里。

一座茶园里,一女子包着彩色头巾在摘茶,看到我们拍照,羞涩地转过身子。她叫陈秀兰,是山下曼加脚村(也叫"红旗村")人,已经嫁到湖南,春天专门回来帮年老的父母采茶。"这个时候亲戚们都会回来的。"聊着天,我们已经翻过了山,向山下看去,云雾翻滚,一大朵一大朵的白云翻卷着涌上来,我们好像已经走出很远了,正在发愁如何回寨子,一辆三轮车停在我们脚下。车上的黑面汉子大声说："上来吧！"我们随即上了车，和车上竹篓里的冒着清气的茶叶穿过云雾与竹林，车把我们拉到了曼加脚村。我还想着那些清香独异的竹筒茶，就问路边站着的姑娘："知不知道村子里谁家有竹筒茶？"她说："到我家喝茶哟，我们家有头春茶。"她是哈尼族人，叫明漂，二十五岁，嫁到大勐龙镇，这次也是回来帮娘家采茶。她们家吊脚楼在村子主路后边，闹中取静，站在她家吊到半空的院子里，可以看到远处的青山上白云翻卷。她家的小狗黑豆瞅了我们一眼，又合上眼睡了。明漂的弟媳妇叫朵培，已经是两岁女儿的妈妈，但看上去脸上还有孩子气。她提着暖壶给我们沏茶，还从屋子里拖出一个编织袋，里面是她亲手炒的新茶。朵培一边沏茶，一边说："我们这量少，也没有萎凋，上午采的和下午采的茶一起炒。"茶汤嫩黄清亮，入口有点苦涩，但过一会儿满口清香，那清香透到肺腑里去了。趁她们喝茶，我信步在寨子里走走，每家都是黑色的吊脚楼、一条狗。院子里停着小汽车、摩托车，蓝色的炊烟袅袅冒起来。采茶季也是狂欢季，窗子里传来酒杯碰响的声音、笑闹声，可能是来采茶的亲戚，也许是茶商与乡民相聚。但很快这些声音都被风卷进大山深处了。两只棕色狗，对着我猖猖地叫，还一起来追我。我回头大声地说："我认识黑豆哇，我是黑豆的朋友，真的。"它俩站住了，互相看了看，呵，真的管用呢。

夜里，睡在木楼里，雷声隆隆地在头顶炸响，雨啪啪地打着屋顶，闪电是蓝色的，在窗外的树间闪过。明天就要离开茶山了，我开始惆怅起来，好像要与一个良人分离。他淡淡地站在那里，一动也不动，只有我怀着万千心思，一步一回头。雨下得稀疏起来了，我在单调的雨声里慢慢睡了过去。

我鼻子里的怪东西

这也许是我在王屋山下这个小城里最后一次散步了。园子里长有石榴、西府海棠、蜡梅、枇杷、香樟、桂树、合欢、白蜡、丝棉木、碧桃、冬青、锦带树、连翘，东南角还长有一棵高大的法国梧桐树，有一个枝子垂得特别低，晨跑时我会伸手抓住它攀上去，试试臂力。原来的香樟树都没有修剪过，枝叶披拂，每天都要扫我的胳膊或者头发。有一天，我再到小路上散步时，发现他们被彻底修剪了，砍掉了许多枝。他们像突然长大的少年，变得亭亭玉立，几乎无法相认。树的伤口冒出特别的香味，好像在低声私语。我忍不住趴在上面，使劲嗅呀嗅。

立冬之后，所有的植物呼吸都微弱下来，他们脱下衣衫，准备冬眠。空气里已经没有草木青涩的气息。一阵风过来，我们嗅到灰尘凛冽的凉与呛人。这个被无限歌颂的盛世，仍然有着荒凉与雾霾。冬天扫荡了植物的气息，这个世界只剩下城市里陈腐的人类气息，如小说《香水》里描写的那样：

……各个城市里始终弥漫着我们现代人难以想象的臭气。街道散发出粪便的臭气，屋子后院散发着尿臭，楼梯间散发出腐朽的木材和老鼠的臭气，厨房弥漫着烂菜和羊油的臭味；不通风的房间散发着霉臭的尘土气味，卧室发出沾满油脂的床单、潮湿的羽绒被的臭味和夜壶的刺鼻的甜滋滋的似香非臭的气味。壁炉里散发出硫黄的臭气，制革厂里散发出苛性碱的气味，屠宰场里飘出血腥臭味。人散发出汗酸臭气和未洗的衣服的臭味……生命的萌生和衰亡的表现，没有哪一样是不同臭味联系在一起的。

时间虽然过去了三个世纪，但城市气息仍然是臭的、污浊的，我像个虫子一样苟且偷安，没有了植物的抚慰，我像个叶子上的七星瓢虫一样仓皇失措。祖母教我用气味来与自然对话。夏天的时候，她站在院子里，梨树上青青的梨子在风里自在地摇晃，落完了杏子的杏树皮肤光滑，身上粘着淡黄色的树胶，蚂蚁们上上下下地来回巡逻，小心地绕过这些陷阱。我没有分辨出这一阵风与那一阵风有什么区别，但奶奶站在杏树下，对着东南方向使劲地嗅嗅，我看到她人中周围皱起了许多皱纹。"雨快来了，赶快把衣服收回屋子里。"我不太相信地看着她，她的白绸子衬衫被风鼓起来了。头顶上天空还是那样蓝着，白云快速地跳动着，雨在哪里呢？但，且慢，我也嗅到空气中的灰尘味道，好像是大雨点砸在路面腾起来的。一大块黑得发亮的云朵突然压低，向着槐树营压下来了。第一个雨点像是教训我似的，砸在我的手臂上。

奶奶不仅能嗅到暴雨，还能嗅到大雾。冬天下过雪后，空气像玻璃一样明亮尖利，东院的三爷爷咳嗽着走过来，他手里拎着他们家紫红羽毛的大公鸡，说明天他要赶个早集。"明天早晨大雾，你小心不要迷路。"奶奶捧着黄铜烟袋，和他聊天。这个时候，夕阳正在天边燃烧着，田野里的雪都镶上了紫边，一溜闪着光。"雾？天这样大晴着……"三爷迟疑着。奶奶把烟锅在梨树上轻轻磕磕，轻轻地吸了口气："只要能嗅到薄荷味道，一准会起雾，还是大雾。"第二天早晨，我开门的时候，黄狗迫不及待地窜出门外，我只看见狗尾巴尖甩了一下，雾就吞噬了它。我听到它在浓雾深处叫着，好像它也迷路了，在雾里打着转。但因为是大雾，狗的声音听起来有点失真。

后来在《香水》里读到格雷诺耶，出生在巴黎鱼市场里，却对气味有着惊人天赋。他爱上少女罗拉身上的香味，却突然找不到她，他是这样通过气味寻找她的："……这次闻到的气味很清新……同时这种气味有热量；但是不像香柠檬、柏树或家香，不像茉莉花和水仙花，不像花梨木，也不像蝴蝶花……不是混合体，而是统一体，既少又弱，但结实牢靠，像一段闪闪发光的薄绸……也不像绸,而是像蜂蜜一样甜的牛奶,奶里溶化了饼干——"于是整个巴黎城,"像成千上万条线织起来的面纱里,缺少了一根金线。"这是我看过的关于香味最勾魂的描述。

看到这里我总是能想起祖母朝向虚空使劲呼吸的样子,一股湿的暖的薄荷一样清凉的味道进入了我的眼睛。

我喜欢青草的气味,总是幻想把青草的气味集合起来,制造一款香水。今年女儿从国外带回来一个小小青瓶子,说让我试试。"雪松味,还有一股竹子的味道。"果然有一股森林里的味道飘然而来,里面混合着松树、竹子、青藤的味道。我恍然间好像走进了漠河的原始森林里,心情突然就轻快起来。女儿看我喜欢,说,这个牌子叫"欧珑",是法国的,因为清淡,深得同性恋者的欢心。

近日在看帕慕克的《我脑袋里的怪东西》,他的男主人公麦夫鲁特是个梦想家,是个生活在底层却永远有自己的爱情与梦的男人。他是个卖钵扎的人。他说的"钵扎"其实就是我小时候经常喝的一种自制的小米酒。上世纪七十年代的豫南农村是用菽子做酒。菽子是《诗经》里的植物,诗里说:"采菽采菽,筐之筥之。君子来朝,何锡予之?"学者们解释说菽是大豆,我觉得也许是有误。小时候,后院里种了许多菽菽,模样类似小米，秋天到了，抽出柔软的穗子，在风里摇晃着，摇着摇着就红了。许多鸟都飞到菽子地里，害得奶奶用玉米秸扎了一个稻草人，让我抱到地里，绑在桑树上，吓唬它们。秋风再烈的时候，菽子就收割了，满地清气流淌，菽菽秆像鸟的羽毛，黄而柔软，我和太阳在上面滚来滚去。晚上月亮照在菽菽上，那些太阳晒出来的味道开始荡漾，清气里还加有一股稻草的香。

菽子是黄红色的，比小米还要小。煮熟之后的菽子放进了陶缸里，再放些酒曲，十几日后，满屋子都有一股浓郁的酒香。这香气让屋子里的空气都黏稠起来，这气味也有一个小钩子，勾引着我走近。我放好凳子，站在上面，吃力地搬掉压在上面的石块，黄色的酒液如早晨的阳光一样，或者是琥珀一样，酸中带着甜蜜，还有细小的泡沫正在像珍珠一样向上翻卷。我拿起自己的小木碗，朝着那琥珀舀下去，那浓郁的气味被碰撞，被冒犯，激烈地奔跑，逃逸，我能看到她们丝绸一样滑润而轻盈的身姿。我喝下她们，这气味瞬间裹挟了我，淹没了我。

回忆这东西若是有气味的话，那就是樟脑的香。甜而稳妥，像记得分明的快乐；甜而怅惘，像忘却了的忧愁。天才女子张爱玲晚年的文字都是这种樟脑味，甜而怅惘。胡兰成、上海、桑弧、姑姑和母亲，都是她的樟脑丸。在美国那些寂静而空洞的时光里，这些味道陪伴着她，她一笔一画在纸上写下他们,也写下自己。她小心翼翼地把自己的气味藏在纸里,让我辨认。能从她的书里看到她内心的人,身上都有樟脑味道。萧红身上一直有河流的味道,那是甜腥而清冷的味道。从她童年在呼兰河边看着河水开始,这动荡不安的河水就进入了她的命运,接下来一路奔流,从异乡到异乡,从黄浦江到长江、嘉陵江、香江。最后她葬在浅水湾,河流吞噬了她。

  霜降之后,湖边的芦花齐放,湖边站着一个穿蓝色制服的年轻人,他七点钟的时候站在湖的东岸,对着满湖的芦花大声地喊:"我爱我自己,我喜欢我自己,我是最棒的……我拥有大量的财富,我拥有广泛的人脉,我拥有宽广的胸怀……我要创造,不要毁灭;我要冲锋,不要恐惧……"他的声音很大,好像是喊叫出来的。我猜想他其实什么也不拥有,刚刚从乡下来到这个城市,刚刚找到了一份工作,他住在出租屋里,每天挤地铁和公交车,面对高楼名车充满莫名的自卑,他要鼓励自己。他的声音震动着芦花,满湖的芦花都在颤抖,好像他们也裸露在贫穷的寒风里。八点,冬阳渐渐升高,他又转到湖的西边,他对着太阳喊叫着,湖里充满他的声音。我忽然嗅到一股盐味,好像是芦花散发出来的,又好像是他身上散发出来的,让人想起痖弦先生的诗句:"她只叫着一句话:盐呀,盐呀,给我一把盐呀!天使们嬉笑着把雪摇给她。"

不是秋刀鱼之味,是秋之味

　　小花园的枇杷黄澄澄的,散步的时候伸手摘一个,慢慢撕掉皮,吮着酸甜的味道。这个时候,我看到一个胖胖的身影正在一棵高大的枇杷树下侧着身子努力地摘果子。她伸长了脖子和手臂,甚至踮起脚尖,那藏在树叶或者树梢上的枇杷只好乖乖地就范。这个小花园多种枇杷,这种枇杷核特别大,只有一层薄薄的果肉,但很有枇杷味道。一夜风雨,地上落的全是。喜鹊们都吃够了,成群飞过时并不停留。快走近她时,我看到她头发上落的都是枇杷叶子,脸上挂着晶莹的汗珠,在太阳下闪着光。"青姐,"我听见熟悉的声音,才知道是小秋,"看见枇杷落在地上心痛,摘了做枇杷酱,冬天治咳嗽。""那得摘多少才够?"我想着刚刚吃过的那个枇杷,一个只有一点点果肉。"这个园子有上百棵,市委院里才多呢。一天摘一筐,够剥一晚上了。反正闲着也是闲着。"她边说话边摘下几个,在筐里找了几个大的红黄色的送给我,"吃吧,吃吧。"

　　王屋山有股铁和煤腥味,我到济源后一直沉浸在这种味道里。有一天,我的扣子掉了,我打电话,进来一位胖胖的服务员,她带进来一股水果的甜味。她靠着门站着说:"我给你缝吧。"好像她一眼就看出来我是个笨手笨脚的人。她说得那样自然,我只好乖乖地顺从。她坐下来,低着头对着台灯穿针,引线,眯缝起眼睛的样子那样亲切。只有几分钟,她就收拾好了,把衣服往我手里一放。好像她就是上天派来照顾我的人,那样自然亲切,没有半分隔膜。

我刚刚到济源时,是秋天,到夏天的时候,我们已经相熟。我有一天给她讲,要把冬天的衣服带回郑州清洗整理。第二周回去,一推开门,被罩已经替换,推开衣柜,我的被罩、棉衣、棉袜子,叠得整整齐齐,分类装在透明的袋子里。我是个身世寒凉的人,除了奶奶这样温柔地对待我外,很少承受如此细致的疼爱。我蹲下来,脸埋在那些还散发着阳光香味的衣物里,像和一切与我温柔相待的人拥抱了一下。一股温热的液体从体内升腾起来,停留在喉咙里。

她的枇杷酱做好了,装到瓶子里带给我,还在广口瓶里做枇杷酒。枇杷飘在酒里,酒刚开始呈粉色,接下来橘色,最后成了琥珀色。王屋山有一种野生葡萄,又小又紫,紫得近似于黑,上面有一层山野露水结的白霜,摘起来很麻烦。她大夏天钻深山,脸晒得又黑又红,回来又是洗又是晾。她做出来的野山葡萄酒,先送我一桶。我的老师去看我,我拎着这桶酒,还拿着上海女友寄我的茶具和西湖龙井,在水云居招待他。水云居在大沟河水库旁边，陇海铁路穿过南边，这使这座湖边民居有一种幽闭的气息。那天晚上，星斗如钻，夜幕湛蓝，一颗又一颗露珠从树叶上滑落，一桶酒喝了大半。老师微醺，大赞这酒看似柔媚，实则刚烈。半夜酒意未消，我们坐在刚刚割过的麦地边，风带着庄稼的浓郁的气息吹过，那些山野葡萄酒被这仲夏的风唤醒，我看见她们掀动着紫红的翅膀，从我心口起飞。火车从黑暗里冲出来了，我们先是看到一束光从缥缈的远处刺过来，然后是"哐啷——切切"的声音，充满了黑暗，火车带着巨大的气流冲过来了，眼前的黑暗被切成了不规划的形状，我们也好像要被小气流冲散。在巨大的声浪中注视着火车从我们身边快速驶过，好像是从我们身体上碾压过去。

春天，她来找我采艾蒿。我们跑到山谷里，杨树林里有茵陈和青蒿，我们坐在厚厚的落叶上，采着刚刚冒出头的绿芽。白蒿即茵陈，果然身上一层白的茸毛，像个多毛的小婴儿。青蒿也有点白，但身上没有毛毛。掐掉它们时，一股辛烈清香直冲着鼻子，几乎要把我们冲倒在地。半天采了一筐子，上面沾了许多干草。第二天，她提过来一兜绿莹莹的馒头。"我把艾蒿打成汁，再和上面发开，蒸出来就是这样的。没有想到真好吃哎。"我吃一口，齿颊生香，初春田野或者树林里蒸腾的气息弥漫出来，让人疑心把春天吃进肚子里。

她姐姐家的院子里种了许多朝天椒，霜降后，姐姐要种芫荽，把这堆挂着青红小椒的辣椒秆堆在沟边。她看到就走不了啦。她搬了个小凳子，坐在那里，认真地摘着小椒。"扔了多可惜，摘回去腌上，可以吃好长时间。"过几天，她给我拿来了一缸子咸菜。上面碎椒青红相间，有姜、蒜小粒，青、红、黄，颜色鲜艳。吃一口，香、辣，还有姜的清香。我清晨配着小米粥吃着，特别开胃。

宿舍里一个大红薯出芽了，她洗了一个大缸子，把这个胖胖鼓着粉色芽儿的红薯放进去。等我下周回济源，进屋就被她吸引了。紫红的茎根根直立，上面一簇新叶子像是从另外一个世界来的，干净出尘，上面还有一层茸茸的小毛。哪里还能看得出来她是红薯？她比窗台上的常春藤和吊兰还要美。新生的东西都有神性。我眼睛无法离开她，围着她赞叹不已。阳光从窗户里透进来，水珠滚动，绿叶披拂，那些带有小茸毛的红薯叶子纯真干净。看着她，我也想发出一簇新芽儿来。

离开王屋山的那天，我推开门，就闻到一屋子酸酸甜甜的味道。桌子上放着山楂酱、枇杷酱，还有一大瓶石榴酒。艳红、绛红、玫红，像是一桌子花朵。枇杷酱上留着字："石榴酒还需要发酵，等一个月再喝。"她的字像她一样伸开胖胖的手臂，要拥抱我。

谁的身体里不奔流着
自由饱满的河流呢

一

我们是坐着绿皮火车从哈尔滨到漠河的。上车时已经是下午,火车离开城市不久,就开始穿行在无边的森林里。我以额抵窗,舍不得那飞快掠过的丛丛落叶松、樟子松、白桦树,他们成片,成团,终于将这大兴安岭涂抹成一片林海。火车像只可怜的虫子,在林海里左冲右突,刚刚犁开森林,那些树就又在身后悄然合拢,好像他们联合起来,极力否定铁轨、火车、侵入的人群。树与树心意相通,他们才是主人,其他的都是过客。

我在森林里看到了河流,静若处子,悠然自得,从远方的森林里流出,快涌过我们跟前时,一弯,又绕到另一边。火车到了高处,我看到更远的地方河流交错,水波连天,这些森林里的河流与平原上的河流完全不是一个样子。她们饱满、明亮、弯曲、神秘,像林下美人,姿态优雅而飘逸。河岸上全是树和野花,也许还有虎、狼和野猪。河面上倒映着天空、白云还有无边的森林。没有人迹、喧哗、公路、车流,没有人类的任何印迹。这些河流闪闪发亮,飘然而至又悄然远去,如林中仙女,山里隐士。

"这是什么河?有名字吗?"我的对面是当地人,他们看着手机,聊着天。"呼玛河——"这位先生从他的手机里抬起头,他长得真像蒙古人,脸宽宽的,塌鼻子,头发卷曲,"我就住在呼玛河边,你想听啥子?"一听他住在河边,我来劲儿了,央求他讲讲河边的故事。

他说他叫查汗,他的故事都是听爷爷讲的。以前鄂伦春族人全部住在山里,夏天河里鱼多的时候,就在河边搭起撮罗子(鄂伦春族人的帐篷)。冬天的撮罗子要用兽皮围密实,不冷。狩猎主要是在冬天,那时节在山上转上一段时间,打到的猎物可够吃小半年。女人在冬天也要跟着上山,她们要做血肠、熬油、晒肉干,还要鞣皮子。鄂伦春族人没有卖东西的习惯,现在也是这样,黑瞎子的皮制成的靴子穿一辈子也不会烂,冬天再垫上乌拉草,多冷的天也冻不坏脚。猎人是以杀生为生,进山打猎的时候就不能大声说话,那样会惹得"白那恰"(山神)不高兴。在山上烧火时要选不能爆出火星的木柴,伤着火神的眼睛可不是小事情,小孩子要是用棍子在火堆里乱捅,只能招来大人的耳光。

夏季，鄂伦春族人会划着桦皮船在河里寻猎。桦皮船是用大张的桦树皮制成，不用一根铁钉，在河里划行时几乎没有声音，极利于接近在河边饮水的动物。

"在我爷爷年轻的时候，这呼玛河里的大马哈鱼就像大兴安岭人用的桦子堆，一排一排叠在河里。想吃鱼的时候就在河边支起锅，烧上柴火，再拿上鱼叉，一袋烟工夫就整回几条大马哈鱼。现在山上来的人多了，淘金的、挖沙的、伐木的，他们把河整'埋汰'了，鱼就不来了，河里这会没一条大马哈鱼了，我想吃鱼都要到乡里的菜市场去买。"

查汗无限惆怅——也没人使鱼叉了，全部用渔网，现在打鱼的人不是为自个儿吃，他们拿去卖，开江鱼卖到七十元一斤，手指粗的鱼也有人吃。还有"歹毒"的家伙在河里使炸药、电网。现在的河里竟有罗锅鱼，这河里哪来的罗锅鱼呢？这个问题琢磨好长时间才找到答案：是多次触电没被电死的鱼慢慢变过来的。那可真是要给鱼断子绝孙啊。

他问我："你们那有林子吗？林子里有狍子、獐子吗？"

我说，我们那里没有林子，只有楼房。要找树，得去公园里。

火车在塔河县城停下时，查汗要下车了。他急急地对我讲："我是黑龙江塔河县十八站乡，大兴安岭深处，在这里祖祖辈辈游荡着以狩猎为生的鄂伦春人。'鄂伦春'的意思是

'住在山冈上的人们'。你如果下次来塔河县，一定要来找我呀。"

塔河站小小的，站台上有几只灯亮着。天已经黄昏了，远处的森林像涨潮的海一样怒吼着，发出狂野的声音。查汗的肩膀倾斜着，他走路还保留有祖辈的姿势。但他已经不会打猎了。

我在火车上醒来，天还没有完全亮，白窗帘上乌蓝乌蓝的，我钻出包厢，站在过道里。走了一夜，火车仍然在森林里奔驰着。晨曦里的森林还没有苏醒，河流已经醒了，她是窗外最明亮的，水波上是更高远的天空与云朵。按照查汗讲的，大兴安岭内黑龙江支流从北到南共三条：额木尔河、盘古河、呼玛河。那现在窗外那条河流应该是盘古河，也许是额木尔河。这时，个子高高的乘务员走过来了，我指着窗外的河，还没有说话，他就笑了："今天早晨你是第三个问我河的名字，额木尔河。"这时，火车驰上更高的山冈，无数条河流在晨曦里闪亮着，我说，那条、那条、还有那条，她们叫什么名字呢？高个子看我着急的样子，哈哈大笑。"还真少见你这样执着的。那条，古莲河，远的大林河，向东流去的直趟子河，向北流的北二根河，它的支流都二十多条呢。"我笑起来："那我们是跟着河流去漠河了。"

早晨抵达漠河，额木尔河也随着我们横卧在县城外。接我们的仲景养生院的高院长说，1987年那场大火中，两千多市民跳到额木尔河里，躲过了一场火劫。漠河人称她为母亲河。

二

在北极村住着，向左，穿过白桦林、草地，有河在闪亮，一看是黑龙江。向右，穿过大片的风渡草和河堤，还是黑龙江。在北极村，随时都可以碰到她，她像我们一样恋着这个中国最北的小村子，在村外绕来绕去，不肯离开。

浩大无边的水，从左边的视野一直横贯到右边的视野，从眼前一直金光闪闪地铺向远方，仿佛连到了天上的白云。对岸的俄罗斯，是一片荒芜、原始的自然景观：江边的柳树丛连绵几十华里，历历远山变得矮小，上面全部披满了墨绿的森林。

黑龙江啊，自由不羁，水势浩浩荡荡，站在岸上长时间望着她，你会有眩晕感，好像她勇猛地要带着你流走。我生活在黄河边，那散漫的若断若续的黄河，让我失望。而距离老家更近的长江也浊浪滚滚，江上船流如织，人声鼎沸。在这里，我看到了心中最饱满自由的河流，她在森林与群山里扭动不已，曲折宛转，从森林里奔涌而出，绕过青山，左旋右转，像一个任性的公主，潇洒、坦荡、舒展！她无忧无虑地把自己放在大自然之中，完全放松，自由自在，原始纯真，没有机心。

你站在河岸上看她，看到一条沾着森林野香的墨绿的大江，从远方奔向你，刚刚到了你身边，又一转身子，绕回到草原上。她完全不想讨好任何人，她只不过是逗你玩玩而已。当地人说她叫"黑龙江"是因为她的江水通过的地方森林腐殖质层很厚，这使江水看上去墨绿近似黑。我感觉那完全是因为她像一条龙一样难以捉摸，左跳右荡，在中、蒙、俄三国的边地不受约束地腾挪。

八月中旬，正是中国南方最炎热的季节，但漠河似乎入秋。我们坐在黑龙江边，脚伸进江水里，无穷无尽的水，从我的腿上流过。它们带走了我的手和脚的一次次暗中的形状。它们把我的汗液和气味儿连绵不绝地送向大海。大江的流动，那是一种全方位的、强制性的推移！连同她，连同你，连同岸和天空，一齐"排山倒海"地向前面扔出去！黑龙江，我没有胆量拥抱你，我只是一只昆虫，卑小地靠近过你宽大的胸膛。

谁的身体里没有奔流过这样自由饱满、奔流不息的河流呢？看到黑龙江时，我忍不住想了想中原那些几近干涸的河流。河床因了淘石子或者沙子变得破碎，一道又一道大沟如血盆大口，要向人类讨要一个说法。我出生时的那条严陵河，少年和童年时如玉带缠绕谷社寨，满河的水倒映着寨墙上的槐树和枣树，有时还有满河的云朵与星辰。姐姐那时在河对岸的中学上学，没有桥，她要蹚水过河。冬天过河她总要在河边犹豫，脱了鞋子，提在手里，半天也不想把脚伸进河里。她有一次是赤着脚跑到家里，脚红得像两个红薯一样。妈妈见了惊得半天没有合上嘴巴，她把女儿的脚捂进怀里。姐姐却大叫："河水是烫的，烫死我了！"冰凉的河水把神经都冻麻木了，过冷和过热是一样的，都是烫得人钻心。

我那时长时间住在槐树营，只有暑假才回到谷社寨。妹妹与小哥哥，还有几个堂兄弟，他们明显地疏远着我，几个人互相使一个眼色，就把我丢在山墙这边。他们一伙人像风一样掠过我，跑去很远，男孩子们的脊背都晒得黑黝黝的，在阳光下闪亮着，而妹妹的头发被风吹起来，像喜鹊窝一样凌乱。我嗅到了他们身上的气味，是寨墙外河流的气味，带有腥臊气，还有水草的味道。我慢慢地向严陵河边走去，从寨门流过来一股水，里面有透明的鱼和虾子在游动，他们成群结队，忽而远去。寨墙上有一个提灌站，高高地悬着，河流被挟持着流过来，然后又哗哗地喷进渠里。我看到他们聚集在那里鬼鬼祟祟，他们把偷来的鸡蛋放在站上煮，从家里的麦秸垛偷来柴火，还偷了火柴。烟冒起来，蓝色的浓烟曲折地从树缝隙里弯曲盘旋着上升。"白煮还是荷包蛋？"我从一丛枸树里探出头，大声地喊："荷包蛋——"这声音把他们吓得要死，堂弟鹅娃直接把正在煮的洗脸盆按在地上，他自己像惊飞的鸟一样扑向不远处的严陵河，继而这一群黑孩子跟着扑向河流，河水溅起巨大的水花后又复归平静。

三十岁之后,我在思量自己的命运的时候,总是想起严陵河和湍河。严陵河和湍河都是白河的支流,白河又是汉江的支流,最后都浩浩荡荡汇入长江。我出生于严陵河边的谷社寨,与姚雪垠的岳父王庚先同村。严陵河如同飘带把寨子三面环抱,当地人都羡慕这个寨子风水好。王庚先是同盟会元老,是南阳名人,而他的女婿姚雪垠更是名满天下,好像在证实寨子边这条碧绿柔婉的河流福泽绵绵。寨墙很高,晚上寨门紧闭,只有南门开着,有人把守。冬夜有人在寨墙上打更,是一个佝偻的老人,住在小南门边。终生未婚的他整年为全寨人护夜,到夏秋时,每家都会给他一升粮。他坐在小黑屋里,有点羞涩的样子,揣着手,只是不停地说:"你看这,你看这……"麦子和花生把他的堂屋都放满了。

夏天,谷社寨有个风俗:逢双日子女人带着孩子去严陵河洗澡,逢单日子男人在河里扎猛子、聊天。寨子的人不叫"洗澡",叫"下河去",声音拖得长长的,有欢乐的颤音。天色黄昏时,母亲就开始准备皂荚和毛巾,一人一个盆子。月亮升起来了,互相呼唤的声音响起来,白的水雾也从河里向村子里涌来,院子里,大槐树叶子颤抖起来了。河水鸣叫起来,孩子们在河里尖叫着,女人们谨慎地四处望着,慢慢地脱着衣服。

东院的新娘子一直坐在月亮地里，任凭她婆婆怎样说都不下水。她只是解开辫子，披散着长长的头发，向着河水弯下腰，像个水妖。月亮在水里碎成银子，在人们身上荡漾着。

湍河比起严陵河来，更加奔涌不羁，由于从伏牛山下来落差巨大，河水湍急，波浪奔涌。七十年代初河道还可以行船，航运繁忙。河边野鸭齐飞，水鸟啾鸣，芦荻飘雪。河右岸有一个巨大的提灌站，陶铸的水管如九龙探海，齐齐地下探。隆隆声响中，河水已经在水渠里驯服地流动。有一次，我和一个高年级的姐姐从河岸上走过，看到一个画家正支着画架写生。河流在纸上宛转流动，渔民、鹭鸶、风里倾斜着身子的芦苇，比眼前真实的更美，有一种说不出的落寞的味道。我第一次被画捉走了灵魂，呆呆地看出了神。他回头凝望我，轻声要求给我和姐姐画像。我们像是中了蛊一样听从他。姐姐端坐在河边，她的眼睛望着河对岸，或者更渺茫的远方。她原来是这样的美，挺秀的鼻子，圆的杏仁眼，红的小嘴巴，还有一个笑窝在圆脸上时隐时现。河在她的脚下打着漩，水的流动让她的美更加凝固与摄人心魄。

伯父占是个捕鱼人，他总是在夜晚扛着渔网离开家。半夜三更，在阿黄的狂叫声中，他披着一身的星光回到家。背上的竹篓里全是鱼，大的小的，一大堆闪亮的银色叠在一起，新鲜的鱼腥味冲着人的鼻子。第二天，奶奶就会把这些鱼炸成鱼块,可以慢慢煨鱼汤,烩鱼块吃。花猫此刻也跟着我们过起了"食有鱼"的富贵日子。河流就是以这样的方式喂养着我的身子与灵魂。

自我上大学之后,这流动在我生命里的两条河流都枯瘦细小,几近断流。河道里原来有的柳树林、槐树林和河岸上的巴茅丛都不见了,河滩里被建筑队疯狂地挖掘出一个个大坑,石头与沙子通过一辆辆车在运向城市,为那些水泥森林增加骨骼。河上修起了一座石桥,但桥下已经无水,水如银线一样曲折地在草棵子里隐约闪亮。走在这样现代化的桥上,我都要怅然,那浩浩荡荡的河水到底都去了哪里?那河水里的白帆、渔船,还有站在船舷上打盹的鱼鹰都去了哪里?

三

呼兰河是松花江的支流,松花江又是黑龙江的支流。在东北,我们在这三条河流边踟蹰,她们都有一样的个性,独立而自由。我相信,每个人身体里都有一条河流,这条河流的波浪决定了你的性格,这条河流的方向决定了你的命运。

我们从虚空中存在的那一时刻,天是黄昏时分,还是凌晨?是什么样的光线和什么样的气味让我们的父母愿意创造一个孩子?这些都是那么偶然,我们无从得知。我们出生时的日子、时刻、光线、气温都成了周易中推断一个人命运的根据，我确信这些都有道理。河流的声音、太阳的光线、大地上庄稼散发的气味、风的速度、花的香味，这些都参与到了我们的命运中，成为一种我们终生难以觉察但又严重影响我们性格的微量元素。直到最后，这些微量元素在我们的选择中起到了重大作用，我们才恍然大悟，河面上的微风、河水里跳起来的小鱼、柳枝散发的清香，都与我们的命运有关。

我不知道，我这一生注定要与一条北方的河流相遇，与萧红相遇。我抵达呼兰时是个下午，初秋的阳光下，呼兰河平静地闪着金光，云彩大朵大朵地盛开在河底，几条渔船泊在岸边，一对夫妻正把渔船拖向江水里。斜阳脉脉，一个孩子沿着河岸奔跑，远处的呼兰大桥上有汽车像影子一样掠过。河的北岸，小城呼兰的生活依旧，西岗公园的板胡拉得咿呀咿呀，退休的人们坐在凉亭里正唱着二人转，那些一下雨就要冒烟的榆树安静地站在秋天里，等着叶子落的那天到来。河的南岸，沉沉的柳树林子，还有蝉在高唱，柳树的叶子像是安静的眉眼，在等待折了送给情人。阳光继续下沉，在河面上拖了一道银色的波纹，我蹲下细看时，那碎银一样的水纹仿佛一个时光隧道，好像可以沿着这里走向虚无。

其实，我自己的身体里也有一条永不衰竭的大河，那就是湍河,也叫"七里河",发源于伏牛山的宝天曼。像所有的河流一样,她的来处清洁不染,活泼灵动,沿着种满青檀树的山冈一路奔流,无拘无束。我是在四十岁的时候才见到这条养育我长大的母亲河的源头,没想到她这样年轻,好像从来也没有衰老。野花蔓延在她的岸边,岸上树林的影子在水影里被揉搓成了碎影,好像四十年前她也是这样清澈烂漫,好像我没有出生之前她就这样在奔流。我看着她,知道自己身体内百分之七十的水分都是从她那里来的,我恍兮惚兮,好像找到了自己生命的源头。我为什么终生都在热爱着自由,为什么我一直对遥远的地方怀着乡愁,我为什么对云水一样变化的爱情怀着隐秘的向往,因为,这条河,她一直住在我身体里呀!

呼兰河是中国北方一条著名的河,是松花江最长的支流,在清朝人西清撰写的一部地方志《黑龙江外记》中叫"胡兰河"。据说后来朝廷在呼兰河口屯兵,开始在这块肥沃的黑土地上耕种。来自内地的兵哪里见过这样肥沃的土地,他们打着口哨,欢呼着撒下内地带来的种子。炊烟升起来了,饭菜的香味飘散在河岸上,"胡兰河"随之改为"呼兰河",在满语里,"呼兰"即"烟囱"之意。呼兰河发源于小兴安岭的达里带岭,上游穿越高山峻岭、森林草坡,气势磅礴,奔流不息,及进入呼兰区时已经到了下游,即将汇入松花江,水流漫漫,多有沼泽湿地,鸥鹭飞翔,柳暗花明,恰如江南。如果说河流也有自己的性格的话,这是一条天真烂漫之河,也是一条神秘悠远之河,兴安岭的森林、野花赋予了她纯真不羁,而松嫩平原的肥沃黑土、安详田园又给了她温厚柔情。呼兰河在将要汇入松花江时,恋恋不舍地在平原上逶迤曲折,几度回首,竟又绕着小城呼兰盘旋而过,小城呼兰因而得名。

一条河流从哪里来,到哪里去,都是命定了的。呼兰河影响过一个小姑娘,使她产生了要去远方的想法,这就是居住在呼兰县城东南的萧红。呼兰河距张家向南半里路,但萧红出生后从来没有去过,直到祖母去世。那时来了许多亲戚,也带来了许多小孩子,她才跟随着比她大的孩子走到呼兰河边,走得头上出了汗。童年的萧红,那时她还叫荣华,大名叫张迺莹。她吃惊地看到一条大河从不可知的远方浩浩而来,奔涌到眼前后,又汤汤而去。她抓了一把沙子扔进水里,那河水连波浪都没有,沙子不见了,水依然东流。她吃惊地向远处看,远处是茫茫的柳条林,再向远看,一切漭漭苍苍。她在二十多年后写道:"我不能晓得这河水是从什么地方来的?走了几年了。……我想将来是不是我也可以到那没有人的地方去看一看。"这条河流从此刻真正地进入一个人的心灵里。对于一个孩子来说,河流奔腾不息,就是远方的远方,就是未知的一切,就是一切朦胧中等待自己的陌生。

远方,就是从此刻起进入一个懵懂孩子的视野。日后,她的命运就如这流水一样，曲折回旋，远离故土，再也没有回头。

而身体里隐秘地藏着严陵河与湍河的我，对所有河流以及与河流有关系的人都怀着爱。我能听到那些身体里有河流的人的梦呓，顺着河流找到她们的前世今生。而我自己，也在河流里载沉载浮，与星辰、与月亮在波浪里悠然自得地摇晃着，等待时光把我们带向苍茫的大海……

贰

访树

皂角树长满了山沟

王屋山很深沉地站着。山脚下的村庄都面色青黛,深埋在千万里的山岚云烟里。深山总有古树,这郝山村边就有四棵皂荚树,五百多年了。

据村里木匠张三刀说,他爷爷小时候,这树还是两棵呢。五八年,乡里修起了炼钢炉子,烟囱直达蓝天,说上面的领导让大炼钢铁。钢铁可不是好炼的,需要上好的木头或者煤。煤太贵,村里买不起,只好砍树。大树禁烧,人们到处找大树。

这天,村长带着人找到了寺河水库。通往郝山村的路边,有两棵古皂荚树迎着风站立,远远看去,像两朵乌云停在那里。村长眼睛发光,像看到了金子。这几天,他一直睡不着觉,上级下达的钢铁斤数像沉重的石头压在胸口,每天晚上躺在床上,就会想起来,想着想着就睡不着觉了,会在村口转来转去。村子里的树都睡着了,除了杨树无风也鼓掌之外,一切都安静得可怕。"你干啥哩?"七爷起得早,每天凌晨三更之后就睡不着了。他习惯蹲在树下抽袋烟。"树,弄棵树。大树。""大树,这太行山里可多,但百年之上的树都成了精,砍不成了。哪一棵树上不住着仙家?"七爷的烟袋飘着烟,在夜色里明明灭灭。话不投机,村长扭头回家。

终于在树下站定了。一群人围着树转了好几圈。树上喜鹊窝里蹿起一群鸟,嘎嘎叫着,在树顶上盘旋了几圈,飞走了。一个精瘦的汉子跳起来,他叫三娃,他会爬树。"这树得在主干上搭上绳子,锯到一大半时,用绳子用劲拉。"话还没说完,他三下两下地像个猴子一样上了树。树下一片掌声。他得到鼓励,更加得意扬扬,把本来搭在肩膀上的绳子朝上一抛,绳子像条蛇一样扭曲着攀上了一个主枝。三娃跳起来,抓住绳子另一头,将自己荡起来。但就在这时,突如其来地,一股龙卷风刮起来了,沉重而巨大的树冠摇晃着,似乎发怒的巨人,在狂烈地摇头。树下一片叫喊,天昏地暗,飞沙走石,有人喊了一声:"煞风来了,快趴下!"就在人们用衣服蒙着头趴下时,忽然听到沉重的"嗵"的一声,好像是一块大石头砸下来。这黑风刮了三分钟,等人们再起身时,看到了惨烈的一幕,三娃的头跌在树下一块大石头上,脑浆流了一地。

村长当夜发起了高烧,满口胡话,口中高叫"饶命,饶命——"。村长娘子当晚请了大仙,携各色表与香去了皂荚树下,又是跳又是唱,舞了半天,还把树下凳子上的香灰撮了半碟子,回来拌在水里让村长喝下。村长这才沉沉睡去。第二年春天,在三娃跌死处,一下子长出了两棵皂荚树,这两棵如翡翠条的树苗子，迎风而长，三个月就蹿到大树主枝那么高，几年过去，成了与母树并肩的样子。村长娘子请村里的土画家画了一棵皂荚树神，在家里磕头如捣蒜，拜谢树神不杀之恩。

月亮圆了的时候，总有四面村子里的人来给树上香，还在树枝上绑上红布条。秋天的时候，皂荚树结荚了，满树月牙一样的荚和布条一起簌簌地抖动着。皂荚掉在地上，结了一层白霜，女人们都过来捡拾，回家洗衣服，黑的眼睛一样的皂荚籽扔在院子里或者随水倒进沟里，皂角树随之长满了济源的山沟。

据有心人统计，济源有皂角树八十九棵，其中马庄、小庄、亚桥三棵最为典型：

马庄皂角树位于邵原镇河西马庄村，树干高1米，上长两个大枝，每枝胸围2.5米，树高15米。此树是皂角树的变种，皂角刺很少，皂角不多，树枝像藤一样向下长，似龙爪下探，是一种观赏树。据当地人讲，该树有一百年历史，是自生自长。

小庄皂角树位于克井镇小庄村，胸围5.44米，冠幅13米，树高14米，中空，可容三人，树龄约五百年。

亚桥皂角树位于亚桥村，直径1.8米，高15米，中空。据当地人讲，该树是明末清初，南阳白水一位姓翟的人迁来时所栽，距今已有三百余年的历史。

孤独岭上的辛夷树

我在济源的时候,有个徒步小分队,周末或者平时工作不太忙碌的中午,会进山闲逛。小分队的头儿是成山,他是个精瘦利索的小伙子,家就是本地的,早在做记者之前就是"一头驴"——"驴友"的"驴",不是会嘶鸣的驴。每次都是他带着我们,他像野兔子一样熟悉任何一条沟壑,从哪里进山,再从哪里出来。每次都是环形,这样车像一头驴一样耐心地在沟口等着,我们只需要走出来就可以了。

这天是去孤独岭,只有我和司机。司机是个独生子,长得又细又高,像个小豆芽儿。他差点可算得上90后。他朝我看了一眼说:"你一个人害怕吗?"我知道他的意思,他不想爬山,但又担心我。我其实最喜欢一个人走,自由如白云,想停就坐,想走就抬腿,山溪一样。"你在这里等我好了。"他马上如释重负,关上车门,低头看手机去了。

这孤独岭位于豫晋交界处,此时正是春天,多数树还是灰蒙蒙的,山路像飘带一样顺着树缝曲折着,时时被大树隔断。山上人烟稀少,只偶尔可见羊群在石头坡上啃草——哪里有草根它们就到哪里去。粉红的嘴唇在石块上嗅着，白牙齿用力向下，饥饿的样子任是谁也不好看。走到半山，肚子开始咕咕叫，我看见了一处院子，土院墙剥落有痕，院墙上栽满了仙人掌，大门头上挂满了红玉米。一个穿一件蓝棉袄的老人正在给狗喂食。那条黄狗眼睛温顺，看到我有点紧张，尾巴紧紧地夹着。我嗅到一股香甜的馒头味。一老妪从院子里走出来，她慈爱地看着我："吃饭了没有？"不等我回答，她回身进屋子里拿了两个大白馒头，往我手里塞。我闻了一下，连声说："好甜。"她的脸上笑成了一朵花，坚持让我把两个馒头带上。我只好连声致谢。站在院子里，我随口问道："山上还有人家吗？"

"有，"老太太神秘地压低声音，"五年前那个山神庙里搬来了一对夫妻，男的又老又丑，女的年轻漂亮，一看就不像一家人，但他们天天住在一起，几乎从来不下山，也不知道他们吃什么。""吃什么？和咱们一样种的菜。人家老田可是个地道的先生，整天在山上采药，山西那边的人都跑到他家看病呢。"男主人显然对老伴这样的评价不喜欢。也许他找老田看过病。我继续向山上走去。山峰像一卷国画缓缓展开，云朵在山头上时而聚拢，时而飘散。云中有鸡鸣，也有狗吠，让人疑心仙人也有平凡的鸡犬相伴。这时有一戴大帽子的老者，身背一个很少见到的竹笼，一股浓郁的中药味飘入鼻腔。我感到一双眼睛在观察我，那目光是犀利而准确的，好像一道闪电。我迎过去，但竹笼已经隐进更深的草丛里。他显然并不想与我搭话。

我继续沿着山里的小路慢慢向上攀，突然那大块的白云下降，像一堵墙一样坍塌下来，无声无息地砸在我身上。眼前一片乳白，一时间如坠仙境，飘飘然不知所向。有两个小孩子的声音尖利地响起来："小花猫，喵喵喵，东走走，西瞧瞧。小老鼠，吓坏了，钻进洞里静悄悄。"接着是一个女人的声音："普通话，用普通话。最后是一声——"

从白雾里钻出一个女子，圆脸，如苹果一般，短发，有点发福，但一双眼睛圆圆的，如星辰一般明亮。她身上扎着红色印着"福"字的围裙，花毛衣袖子挽着，胳膊红活圆实。她的身后，一群已经长了尾巴的鸡雏叽叽地叫着，跟着她。两个孩子看见我，马上往母亲的后面躲藏。女子看了我一眼，拉起孩子们向院子里走去，我这才注意到，院子东南角长了一棵巨大的辛夷树，正在开花。现在是三月中旬，山下的辛夷早落了，山上气温低，辛夷花正在怒放。满树白翅膀的鸽子在云端抖动，一股股甜幽的香气破空而下，地上已经落下了些许花瓣，女孩子一边拿眼睛瞄我，一边拾了一瓣嗅着说："妈妈，特别香。好想吃。"

"刚才碰上的是不是你家先生？"我随口问道。女子像一个受惊的兔子一样，马上折身回去，也不搭我的话头，招呼孩子们："快回家，今天把《弟子规》抄三遍。"我看着她结实健美的背影，夸奖她的孩子——这是女人与女人之间永远的话题，屡试不会碰壁："你的孩子真聪明，一般四五岁的孩子不会背诗呢。"她果然站住，眼光向下，看着她的小女儿，幽幽地叹口气："我只能自己教她，又不能下山上学。""你教得很好哇，小学时可以考虑到山下上学。到时候我可以帮你。"她的眼睛闪了一下光："那太好了。"孩子们一听读书，也兴奋起来。"我会背'鹅鹅鹅——'！""我会背'床前明月光——'！"两个孩子你争我抢，向我表明他们都有上学的水平。

我从包里掏出随身带的油笔和画本，还有几颗糖和巧克力，送给了他们。他们像小动物一样欢呼起来。女主人的眉目间满是温柔的笑意。她从院子里拉出两把椅子，放在辛夷树下。"我前几年搬来的时候，在山上一眼就看到这棵树，就决定住在这里。树下正好有个空着的房子，翻修之后，挺好的。"

我围着这棵树转来转去。"你知道辛夷花可以治病吗？"她低着头，玩着自己的衣角，欲言又止。我是个敏感的人，我马上意识到这棵树有故事。我望向她。我知道她会讲的，她和他住在云雾缥缈的山上，四无人烟。她一定想找人说说话的。她不能只对鸟儿说话，只对流云说话，只对瓢虫说话。

"那几年，丈夫在广州，我得了急性鼻炎，整个头都像是炸了一样痛，天天都有死的心。就是他，他听说我头痛，来到家里，带来一包辛夷花，又跑到小卖部里买了酒。泡三天，晚上睡觉塞鼻子里,半个月就好了。后来,过一段,他就来看我,从山上采了辛夷花,还带了野蜂蜜,让我煎水喝。他还会做饭,来了,总是给孩子们做红烧肉、炸鱼块。一家人都喜欢他。再后来,我就和他在一起了。丈夫不愿意,要杀我,我俩只好带着孩子逃到深山里来了。"她脸红红的,眼睛亮亮的,这些回忆让她想起了最美的日子。

果然是这棵辛夷树,那么高,孤零零的,现在开满了花,像一面哗哗响的白色旗帜,在这孤独岭上飘扬着。我特别庆幸今天我坚持着要来这里徒步,下周也许就会错过这棵开花的树。美好的事物一旦错过,就是一年,也许一辈子。

"那你们想家吗?家人来过这里吗?"问完就后悔了。"想啊,特别想我妈,她今年也该六十岁了,已经三年没有见她了。她肯定会想我,还会哭。但我不敢回家,也不敢让任何人知道我们住在这里。我原先那位是个火暴脾气,知道了,真会赶来杀我。结婚后他几次要用刀砍我。"她眼睛闪着泪光,把袖子挽上去,让我看胳膊上的伤。一条暗红的疤痕,像条丑陋的蜈蚣。

我想起上山时碰上的那个老人。"就是他,他总是天不亮就起床,到山谷里采药,他说有些草药要在太阳升起之前采,最好是上面带着露水,疗效最好。他懂的可多了。孩子们有点头疼脑热,他给煮点水一喝就好了。"说起现在的丈夫,她眼睛亮闪闪的。她是崇拜他的。爱情总要有些崇拜在内,才是长久的。

"现在就是孩子上学的事,我最焦心。他倒不急,他说小学阶段不用上学校,他来教他们。用的是民国时的小学课本。"说着,她从家里取出几本发黄的书本让我看。民国的《国文》与《算术》都有插图,比现在的彩色绘本还要典雅。我低着头翻着,真心地喜欢。我倒佩服起那个郎中先生,他有自己的思想,用传统的方式教育孩子,一定有特别的效果,这个山上的实验倒真是可走之路。孩子们在大自然里成长,受到私塾教育,将来会是个什么样子呢?山下的小学千篇一律,孩子们的创造精神早被消耗掉了。

"我们要上学,我们要去山下上学。"女孩子手里拎着一只绿色的螳螂,那只螳螂着急地向空中挥着大刀。

"好的,好的。明年咱们去找阿姨,她会帮助咱们。"像所有母亲一样,她随口答应着孩子,向我眨眨眼睛。

女孩子向着空中大叫一声,奔跑着到树下,和弟弟一起拾辛夷花那香香的花瓣。不远处,一群鸟闪着花翅膀,还有一只松鼠,拖着毛茸茸的大尾巴,向松树上跳。东南方向上突然堆满了灰蓝色的云,越堆越厚,阳光不见了。山顶突然暗下来。山谷里,云朵快速地向山顶跑来,在山顶上缓缓倒下,几乎在几分钟里,我看不到孩子与屋子,我与女主人也像隔了很远的路。她的声音软绵绵地落在云朵上。我有些惊慌,但她坦然地笑着,显然她已经习惯了这些变化。

"你快走吧,过一会儿就会下大雨。"女主人找来一把雨伞,塞到我手里。是啊,那个车里的小伙子还在等我呢。我必须下山去了。路过老夫妇的土房子,他俩好像在等我,喊我吃饭。我摇着手,指着山下。"见到那个女的吗?"老太太好奇。"见到了。""有人从山西来,在打听他们住处,腰上别着长刀。""啊?那你怎么讲?""放心吧,姑娘,我指着新乡那边的山,说听人说他们朝那个方向走了。"老头笑着。

我的心剧烈地跳起来。这场雾来得真是时候,否则那棵高高的辛夷树可太招眼了。

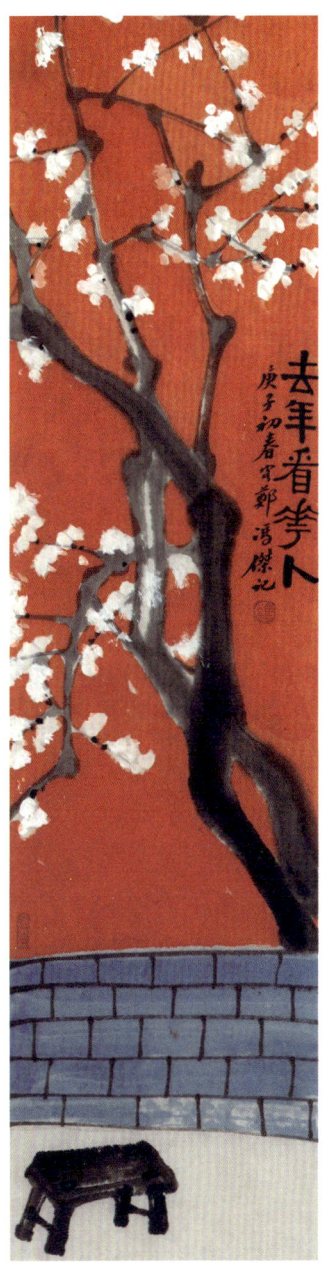

茫茫一生皆是白呀

我见到三棵娑罗树都是在寺院里，永泰寺一棵，大明寺一棵，阳台宫一棵。喝着王屋山山泉的娑罗树花开似雪，银白闪光，耀人眼目；而喝着嵩山山泉的娑罗树开花时，尤如象牙，或者放旧的白蚕茧丝绸缎。同样的花，不同的水土，也有微妙的不同。

那年我们去永泰寺正赶上娑罗树放花，跟着屈老师学做少林的易筋经，一群人累得头上出了轻汗，然后就坐在娑罗树下。娑罗花乘着小南风从半空里降落，悠然落在诗人们的肩上、手里的茶杯里。细细的小白花瓣在茶里飘着，平添了趣味。阳光里，微闭上双目，这香味好像从高大的娑罗树上散发出来，又好像是从少室山那被春阳晒暖的岩石上而来。人在香气里浮沉着，有微醺的感觉。

娑罗树就站在大雄宝殿的前面，已经站了一千九百多年，是东汉八年印度高僧摄摩腾、竺法兰用钵盂带至中国的贡品，先种在白马寺，后移至法王寺。北魏孝明帝之妹永泰公主落发为尼时，孝明帝下令将此树移到永泰寺。据说此树在另外两个寺院都不怎么好好长，到了永泰寺之后，年年开花，洁白如雪，花开七层，像佛塔，又像烛台，叶子又是七叶，看上去像是供在佛前的长香。

早晨起床到大雄宝殿拜佛，几个小僧尼皆在院里低头专心地捡花。他们是那样专注，我们在门前燃香叩拜，他们都像没有看见。其中一个女孩面目清秀，皮肤白皙，她见我伫立良久，告诉我说，再过几天，娑罗花将凋之时，寺院会在树下铺竹席，一大早，花如雪一样落了满席，他们则负责收集。听了神驰。过了一会儿，诗人们齐聚树下，早有人端来娑罗花茶，只见茶壶里娑罗花被沸水惊醒，洁白似雪，水立刻有了微微的黄色，一口下肚，立刻有一股古木的清香沁入身体。

永泰寺是中国最古老的皇家尼僧寺院、禅宗尼僧祖庭，背依少室山、望都峰、子晋峰，面向太室山禅宗祖庭少林寺。永泰寺地位为何如此尊贵？因了三个公主都在此寺出家。娑罗树又被称为佛门"三宝树"之一，它七叶、七蕊，所结果实一半暗红一半奶白，被称为"阴阳果"。娑罗花具有安心神、散郁闷、养胃等功效。

这天早晨，我早早起床，为了在寂静中看看娑罗花。此日，细雨若丝，天色青青，那绿树垂下无数白色花串。趋前，满树绿叶间，白花簇簇，如无数白鸟栖居。近观，花如宝塔，层层旋上，每一朵花都像振翅欲飞的白鹤，花蕊呈橘红，如白鹤的眼睛一样明丽。有幽香袭来。这时,经堂里正在做法事,经文轻唱,梵声悦心,再看那花,都像要飞起来似的。

现在,站在这千万朵持续散发幽香的花朵面前,任何言语都显得多余,娑罗花借助风与香气安抚了一个人狂乱的内心。据说释迦牟尼出生时,其母亲手扶娑罗树,佛的诞辰日是农历的四月初八,正是娑罗花盛开之时。八十年后,佛陀在拘尸那揭罗城外涅槃,那两棵娑罗树一时白花着树,满枝落雪。佛祖在离开时也不忘记用娑罗花开来示现生命之虚无。佛生时花开,寂灭时仍然花开如雪,茫茫一生皆是白呀。佛尚如此,人何以堪哪。

娑罗花,是要告诉世人这个至理吗?

我欠梅花数行诗

腊梅也叫"蜡梅",盖因颜色与蜜蜡相似,透明的黄。

花朵喜温,独她喜冷、有叛逆精神,像个青春期的女子,孤芳自赏,只让寒风与雪赏。漫长的冬天,万物装睡,她独醒着,吐着幽香。文人们都想用她澡雪精神,所谓"松竹梅兰"是也。北宋的那个林和靖更是各色,不结婚,种了一山坡梅花,养了几只鹤,把梅花当作情人,真是痴人艳绝。

与林和靖一样,清代有女词人顾太清,也极喜梅花,自命"梅仙"。她是个真正的大才女,写诗填词,还写过小说《红楼梦影》。我以为,她写梅花写出了自己的风神。"铁干铮铮瘦影欹,东风著意吹。"她有画家的眼睛,看到了梅花的形,也抓住了梅花的神。"照流水、清心自夸。冷澹花光、朦胧月影,深院谁家?"她的才与美也吸引了才子龚自珍。龚自珍的《己亥杂诗》中有一句"一骑传笺朱邸晚,临风递与缟衣人",后面还备注"忆宣武门内太平湖之丁香花一首",而荣王府就在太平湖畔。流言传来传去,变成了一桩"丁香花公案"。这段八卦在晚清曾朴的小说《孽海花》里,又很是被添油加醋了一番:

隔了几天,他偶然游厂甸,又遇见太清,一见面,太清就对着他含情的一笑。……于是两人调笑一回,太清终究倾吐了衷情,约定了六月初九夜里,趁明善出差,在邸第花园里的光明馆相会。这一次的幽会,既然现了庄严宝相,自然分外绸缪。从此月下花前,时相来往。……

石窟寺里有一棵三百年的蜡梅树,每年冬至前后开始吐花,整个寺院都被香气盖住了。我四十岁生日那天,正好在寺院里,蜡梅花开得满天空都是黄的,香气浩浩荡荡,如大兵过境。我把这香气看作是佛的好意。佛寺里的人说:"蜡梅花期三个月,就像在佛前上的香一样。"

寒冷的风,风里蜡梅的香气,还有落在地上薄薄的雪花,这些物质都进入过我的生命,这些香气与寒冷是不是微妙地影响了我的个性与命运?我是个不太会撒娇的人,是个自持、冷静的人,这与蜡梅花是不是有着秘密的相似?

我现在住的小区内共有三十七棵蜡梅树,这让我好像住在自己身体里,亲切妥帖。每年的大雪之后,蜡梅次第开放,先是狗牙蜡梅,接着素心蜡梅,最后是磬口蜡梅。香气是越来越浓烈。小雪时,蜡梅叶子开始黄绿相间,叶片间蜡梅的蓓蕾如蛋壳里小鸡的嘴巴，已经在寂静里有着万千声响。大雪之后，第一朵梅花吹破寒风，香气清绝，沁人鼻息。冬至时分，进入盛花期，黄梅缀满枝，幽香随身走。喜欢金农的梅花，他的墨梅，似有浓烈香气，自称"江路野梅"，题"天大寒时香千里"，足见其怀才不遇的心情。也喜欢王冕的梅花，它们有他身上的清气。和金农一样，王元章喜写野梅，不画官梅。徐渭和王冕画梅，都把自己画得清贫如梅花。他们画梅花换米，有徐渭诗为证："君画梅花来换米，予今换米亦梅花。安能唤起王居士，一笑花家与米家。"我想存一万吨大米，换徐文长和冬心两朵梅花，这只是个妄想。

某人入冬爱咳嗽，我在小区散步时，总是惦着摘几朵花。每天几朵，也积攒了一小布袋。有阳光的中午一起清坐，取十几朵花瓣泡茶，他轻啜一口说有新鲜的刨木味道。我望着他点头。喝第二道时，他说茶中添了幽凉，还有辛香的刺激。"平生有债都还遍，只欠梅花数行诗。""别后相思空一水，重来回首已三生。"而这个与我一起喝梅花茶的人，是不是我前世的亲人？

一树白羽鸟在振翅

春寒冷冽,万物灰暗,玉兰先花而叶,破空而来,大如莲花,饱满而收敛,望之惊艳。尤其是白色的玉兰花,更像是一树白莲花,好像整个世界都在水下安静无声。

李渔说她"世无玉树,请以此花当之",大概说她洁白似玉。关于她凋谢过快,李渔也引为恨事:"此则一败俱败,半瓣不留。"玉兰花开时惊艳、硕大,收时,纷纷落地,决绝如弘一法师。

终南山草堂寺那棵盛大的白玉兰,在我们闯入院内时,正纷纷开且落,一地白羽,满树银花,如大树上停满振羽的白鸟。整个寺院都被照亮。我只是静静地望着,出神许久。落花盈径,殊有诗意,但玉兰的凋零让人惊心,如雪覆地,层层叠叠,我犹豫不决,要不要绕道走过去。正在花树下流连,只见一僧人手持钵到水池接了满碗水,步履拘谨,小心翼翼地端着,向寮房走去。他那郑重的样子让我以为他在干一件特别重要的事情。到了寮房前,他复又蹲下,在一小碗内注入少许水。我趋步向前,施礼问道:"这是干吗用?""给猫喝的。"这位叫宽成的师父有一次在圭峰下背柴,走迷了路,突然遇到一个长得很好看的村姑,她一直把他领到山下。等他回身道谢,却只见峪口满树玉兰花,不见村姑。他揉了半天眼睛,觉得像是做了个梦。

北京的大觉寺和潭柘寺都有玉兰花,潭柘寺里还是双色玉兰。初春时节,帝都的人都会到西山去看玉兰。在北方灰暗的初春,玉兰花如同天女散花,明亮饱满,带给人一种向上的、清澈的信心。颐和园乐寿堂前有几株有一百多年历史的白玉兰。据说慈禧的小名叫玉兰,她也喜欢玉兰花,而这几株白玉兰就是她下旨种植的。大觉寺白玉兰也是清代的,说不定也是老佛爷下令种植的。我这个推测是有根据的,大觉寺的大雄宝殿里,竟然有慈禧手书的三块匾额,一为"妙悟三乘",一为"法镜常圆",一为"妙莲世界"。她不爱题字,可此寺就有三幅手书。也许每年春天她都会来赏玉兰,玉兰也许能触动她绮丽的青春回忆,激动之下她就多写了几幅也难说。

岁月流逝,树木不顾一切地汲取能量,默默向上,只为了自我实现,让灵魂通过叶片向着苍穹自由地伸展。这是生命里最高贵的样子,值得所有人学习。

人类是那样害怕老去,好像多过了一天,就离死亡近了一天。人类太注重外在的一切,而忽视了内心的充实。很少看到美好笃定的老人,老人在现代社会似乎已经完全被忽略了——除了政治家与科学家——老人似乎成了另一种人。失去社会舞台，也没有自己喜欢的事情，他们无所适从，在人群里有点自卑。我多么喜欢像钟南山一样的老人——除了敢于直言、有严谨的专业精神，钟老形容洁净，身姿挺拔，衣着得体。以八十四岁高龄在抗疫一线奋战五十天，虽有时也略显疲惫，但他仍然精神矍铄，让人心生敬意。

让我们为不断增加的年龄而骄傲，在内心里日日增加自由与宽容，像玉兰古树那样，让灵魂如白羽的鸟儿在年轻而茂密的枝条上永久歌唱吧！

那年,雪下了五天五夜

我又走在山谷里,满山谷都是蓝紫的荆花。细碎的小花,芳香苦息,故人正从盘古寺间走下来,他的蓝色长衫被山风吹得飘拂起来,像是古代的隐士。他告诉我,后山再过一座山,有一大丛荆木,几乎成林……一急,醒了。窗帘后的深秋的早晨,有叶子随风飘落着,喜鹊们在叶子间粗声地叫着。

山城数年,无数次到山谷里漫步,古树森森,花木缤纷,王屋山自由烂漫的气息与我的身体长在一起。全新的自我里,有济水三伏三出的神秘与隐忍,有王屋山飘逸清净的道气与壮丽。我写下这些和我交换过呼吸的树木,也是写下我自己。

王屋山多荆条。百科显示,荆条是一种灌木,别名"荆子""荆梢子""荆棵",属马鞭草科。它有掌状复叶,小叶边缘有缺刻状锯齿;圆锥花序,花呈蓝紫色;核果。我好像是到了济源才真正认识了荆棵子。初夏时节,王屋山被这种苦苦的甜蜜包围着,蜜蜂比人还激动,山谷里充满它们嗡嗡的声音。荆花蓝紫相间,小花吐露着浓香,可能花蜜也很丰盈。年年初夏,我最爱找理由去山里采访,一走到山口,就能闻到酽酽的香气涨满了山谷。山民们不太喜欢这种树,因为不成材,只能用来编筐,但现在超市里各色日用品俱全,编藤筐的人也越来越少了。荆条更没用了。

无用之用是谓大用。荆梢子在宋代时被一个高人发现,成了一个道观的大梁,此事传为建筑界一大奇迹。话说有位道人名叫贺兰栖真,他初在终南,中年到嵩山紫虚观,后云游到济源奉先观。《宋史》载:"贺兰栖真,不知何许人。为道士,自言百岁。善服气,不惮寒暑,往往不食。或时纵酒,游市廛间,能啖肉至数斤。"完全一个接地气的大仙形象。他在民间名声大起来,皇帝召他进京,栖真骑着毛驴摇摇晃晃地去了东京。皇帝问他如何点化民众,他不慌不忙答:"以尧舜之道点化天下,可致太平。"栖真被敕封为"宗真大师",皇帝赠他紫服、白金、茶、帛、香、药,并免除奉仙观田地租税。有了钱,从东京回来的贺兰栖真对奉仙观进行了大规模的增修扩建。

过去建庙,除了砖石,最重要的是梁与柱。贺兰栖真一辈子云游惯了,自己骑上毛驴在王屋山四境搜寻百年老木。几百年前的王屋山,林木森森,隐士云集,飞瀑流泉,古树林立。侍童在林中乱指,皆不入栖真法眼。突然,他在一丛花开得特别茂盛的荆梢子边站定,从包袱内取出十两白银将其买下。山人既惊且喜,指着这如龙爪一样腾挪伸展的荆梢子:"我爷爷的爷爷都说,这个荆梢子都这么大了,少说也有两百年了。"栖真指示乡人开挖,挖出后用马车送到道观。"马车?"乡人眼都瞪大了。"是呀,至少得备个大马车才能拉下。"栖真说完飘然而去。这一挖就是三天,眼见根越来越粗,越来越大,四乡八邻都围到山坡上来看热闹。谁也没有想到一个荆条下面竟然长着如此粗的根。这根横在巨石中,自西向东,盘曲如龙,荆王村边山半坡的所有荆条都是这一条根发出来的。在一片惊叹中,四匹马拉起了这棵长达三丈、粗可合抱的荆树根。

荆根作梁,其他梁柱如是照办。贺兰栖真仍然拉上小毛驴,向西又走了十八里。毛驴疲累,打个喷嚏不走,啃吃着河岸上的青草,栖真也坐在树下看书。几颗花红的枣子砸在他头上,及他看时,一只长尾巴的鸟"呀"的一声从树叶间飞起来。"就这里。"这次开挖惊起了满山谷的锦鸡,它们纷纷从树丛里嘎嘎飞起。几天过去,又是一个奇迹,下面的枣树根比枣树要粗,长三丈有余。就这样,月余,他与驴子又去了北乡柿槟、南岭桑榆,又挖到了几乎一样粗的柿树根和桑树根。

今之奉仙观,也叫"荆梁观",清乾隆年间《济源县志》云此殿"荆木、柿木为梁,桑木、枣木为柱,皆合两三围,长两丈许"。梁栋之上,皆有铭识:

荆木梁,荆根也,出于西北荆王,距此八里,宋代时贺兰采修。(长9.1米,径0.83米。)

枣木柱,枣根也,出于西乡枣林,距此十八里,宋代时贺兰采修。（高7.1米，径0.76米。）

柿木梁，柿根也，出于北乡柿槟，距此八里，宋代时贺兰采修。（长9.1米，直径0.76米。）

桑木柱，桑根也，出于南岭桑榆河，距此二十里，宋代时贺兰采修。（高7.1米，径0.7米。）

荆、桑、枣、柿，皆非材木，尤丛荆老棘，灌木之属，难荷栋梁之任。"荆桑枣柿"，谐音为"今丧早死"，乃中国传统建筑选材之大忌，贺兰栖真皆寻来为栋为梁，由此可一窥道人不同凡俗之识见。"今丧早死"其实是生死通达，早死早成仙成道，实现理想。这也是一般人无法想象的。对死亡的恐惧使所有人都忌讳谈死，好像说出"死亡"二字，就会离死亡更近一步。贺兰栖真极其珍视这四根粗大无朋的树根，以为这是王屋山之龙须，不能太过装饰，免得真气泄漏。由此出现与中国所有庙宇不一样的做法，两梁两柱不加任何雕饰，只是剥去树皮而已。

重修奉仙观不久，贺兰栖真给皇帝写信，要求归旧居。他已经预感到大限已近。据《宋史》记载："大中祥符三年卒，时大雪，经三日，顶犹热，人多异之。"

后来王屋山的道人都记得，那年，雪下了五天五夜，天地皆白。第二年，山谷里的荆条花开得格外繁盛，香气如河流一样，越过王屋山，直达东京汴梁。

風雪盡在梅花中

古梅如高士 堅貞骨不媚 一枝深山中 不曾出山去 前內擇書事也 後內吾加之漂梅歡喜

中原浩傑

突然消失了的山村

济源孔山一带的人爱吃柿子。说起柿子,他们扯长声音,先"娘姨——"一声表示赞叹,意思是"甜死人了",然后扬起脖子朝北一歪,当地人都明白这是指柿槟村的柿子最好吃。

孔山干旱,半山坡多柿树,柿树中多鸟雀。有采药或者打柴的人会坐在一个青砖堆起的坟地边喝茶,这坟地俗称"马大人坟"。柿槟村里的人都知道这是个做过高官的人,但又说他是山东人,死后葬在孔山,盖因这里风水独异。

柿槟村就坐落在孔山脚下,村北是盘溪河。盘溪河发源于王屋山的盘谷寺,到了夏天,河水就会奔腾起来。村南是一条小溪,老人都说自己在那里摸过鱼,有人还说有蟹,但现在什么也没有,只有一丛丛野芦苇,让人觉得小溪也许潜入地下在流动。这一带山岭莽莽,又少降雨,适合柿树生长。柿子树是果树,虽是乔木,也难长大或者成材。这一山坡的柿子树,是哪个年代长起来,又长了多少年,没有人记得。反正到了秋天,人们都会来摘柿子,家家都在屋顶的青瓦上晒柿饼。做柿饼时通常用一个特制的长凳子,一手持柿子,一手转动刀具,柿子皮纷披而下，乡民把柿子皮与柿蒂也留下，它们可以在饥荒年里与杂粮一起充饥。去皮的柿子放在屋顶或者竹席上晾晒。晒柿饼怕雨，怕雾，有太阳时要不停地翻身，特别折腾，像养小婴儿。

却说这柿槟村的柿子是有来历的。还是贺兰栖真，在修奉仙观的三清大殿时，到处选材，云游到这个村庄，发现果然满村皆柿。正是秋天，红色的小灯笼挂满了村北的山坡，喜鹊们拼命地叫着，长尾巴在树上乱点。突然一只野兔子从山坡上冲下来，直接朝着栖真的灰袍子跑过来，栖真一偏身子，兔子直接撞上一棵柿子树，大家都"哎哟"一声，以为兔子会没命。但那只灰兔子扑在草丛里，愣怔了一会儿，起身仓皇地跑向更远的地方。"就在这里开挖。"栖真道人提着袍子在地上画了一个圈，乡人们照此在这山坡上挖了几天几夜，一个三丈有余、两人合抱的柿根从岩石与砾土间显露出来，震惊了四里八乡。后三清大殿建成，竣工庆典上，为答谢支持建殿的各方宾朋，栖真特将献柿根的村民奉为上宾。从此，柿槟村的名字刻在三清殿梁上，万古流传。

这柿槟村李姓居多，多出石匠。《盘谷考证》刻于盘谷寺后千尺之崖，题记为乾隆帝御书。此乃李氏士功、士纯兄弟所镌，功精业臻，疑为神助。朝廷看过大喜，招李氏兄弟入京，辅事圆明园工程。柿槟村汤帝庙前石狮相传为李氏兄弟所雕。

兄弟二人只约尺寸高低，互不见面，各自为之，五天之后雕成。他们把作品摆在场院，只见左雄右雌，对望若嬉，栩栩如生，好似一人作。众人皆叹神奇。

突然有一天，柿槟村不再做柿饼，那小红灯笼一样的柿子随着风噗噗落在草丛里，喜鹊们已经被宠坏了，只挑颜色最鲜艳的下嘴。一个可怕而神秘的传说让柿槟村的人心慌乱起来。

邻村那个一年效益几十亿的企业悄悄向河流里倾倒的污水已经严重污染了土地，全村的孩子都被集中送到医院检查血铅了，谣言说每个孩子都是铅超标。"这可是要死人的事情，不死也残废了。"从北京来了不少记者，背着长枪短炮在村子里晃；市政府派来了干部，进村入户安抚情绪，准备搬迁事宜。不少老年人坐在黄昏里抹着眼泪，住了一辈子，免费搬，也不愿意。张老太太抱着古桑树，说自己葬在树下算了，老骨头哪里也不走啦。

其实这座看似破旧的山村，在民国之前，有宗祠寺庙，也有戏台陵园。无子者到观音坛求子，希求兴业者到鲁班庙求功，求生意兴隆者到关帝庙，婚丧嫁娶、过年过节，都在文昌阁里唱三天大戏。从生到死，在这个小山村里都能找到心灵的安慰。但自当代以来，一场场运动，庙宇无存，宗祠被拆，戏台也遭毁坏，村子在拆迁事件之前，已经是个失去灵魂的人。真的如张爱玲预言的那样，时代已经在毁坏中，还有更大的破坏在后面。

翻阅《济源市志》，有这样一段："2009年为解决柿槟村铅污染事件，济源市委决定将柿槟村进行整体搬迁。根据统一规划，柿槟村搬迁至玉泉办事处北海路北、亚桥居委会东侧。"

一年后，我再到柿槟村时，一片寂静，荒草长了一人多高，有些房子已经倾倒，几只野狗从院子里窜出来——也许它们恋旧，是从新村里跑回来的。北坡上的柿子树被人砍了不少。那棵古桑树倒还在，叶子上挂满了灰尘——也许还是那个厂子飘来的粉尘。它看上去没精打采的。一个从北宋就存在的古村落消失在工业化的毒雾里。其实这个村庄的灵魂一直在死亡，凋零，只不过最后消亡的直接原因是铅污染——压死骆驼的最后一根稻草而已。

从荒村走出来，裙子上沾满了鬼圪针，半坡上的柿子树落光了叶子，一群喜鹊正在啄食那些小红灯笼……

附录：村庄死亡进程录（摘自《柿槟村村志》，摘时有删）

一、阁楼

文昌阁：位于原村东南寨墙外通往县城的通道上。始建于何年已无从考证。因年代久远，多有破损，于民国二十年（1931年）翻修。新中国成立后，重新规划道路时，于1953年拆除。

二、坟冢

马大人坟：在村西北，冢沟西孔山顶上，有座规模宏大的清代墓葬，民间称之为"马大人坟"。1962年，因开山采石，马大人陵寝外露。

土冢：古时柿槟村南、北各有一个土冢，相传为范夫子之墓，其子弟为追念师长，逐年增土而成。土地实行集体化、机械化后，其因有碍机耕被平。

三、庙坛

汤帝庙：位于柿槟村五道路口和千年古槐的东侧，为祭祀商朝汤帝降妖镇邪而建。1979年村内整体规划建设时被拆除。

关帝庙：位于今关帝路东头，庙宇简朴，仅一主殿，置关帝塑像一尊，后因规划建设被拆除。

鲁班庙：位于原村西北，现鲁班路北端石狮处。因村里木、石匠多，村民建此庙，乃为祈求建筑祖师爷鲁班神佑之意。该庙于战乱年间被毁，庙会中断。

观音坛：位于村东北角，始建于宋代。旧时，是村人祈福、求子、辟邪、求神祷告之所。此庙于二十世纪七十年代，生产队建饲养院时被拆。

石坛：位于五道口东路（老年门球场北）。石坛以青石修建，雕刻工艺考究，形似楼阁。1986年，村规划时拆除。

四、宗祠

李氏宗祠：位于李家胡同东。宗庙始建于清嘉庆二十年（1815年），1992年，因村街规划而拆除，现存始祖碑一道。

桧柏间，月亮大如明镜

太行山莽莽苍苍，在晋城与济源间突然升高，转折。王屋山横空出世，如龙翻身，龙头恰在阳台宫，龙脊在天坛极顶，宫前的九前山岭如同凤尾，伸展开去，此地被风水先生称为"龙凤呈祥"。

阳台宫就在此地。此宫何人建造？司马承祯是也。却说在唐朝，道教成为国家宗教，备受尊崇。唐玄宗即位，崇道至巅峰，对老子一再加封。杨贵妃也被封为太真宫女道士，玄宗的两个妹妹也入道，号金仙公主、玉真公主。当时最负盛名的道士是司马承祯，他曾入宫度玄宗为"道教皇帝"。开元十二年（724年），玄宗命其在王屋山自选形胜之地。开元十五年（727年），阳台观建成，玄宗命胞妹玉真公主入阳台观随司马承祯学道，一时震动朝野，王屋山也随之声名大噪。

牛人司马承祯，武后召之不去，自号白云子，遍游名山，与李白、王维、孟浩然、宋之问等同为"仙宗十友"。他还自己作曲作词，还亲手做古琴。玉真公主驾到，承祯淡然相对，日日教公主上清经法、符箓、导引、服饵等道术。公主心性清丽,一日坐于柏树下,柏香阵阵,口中背诵师父的《坐忘歌》……不饮不食不寝,是谓真人坐忘。背了一会儿,突然看到院墙外柳枝轻飘,桃花正红,感到这阳台宫内过于肃静。她在嵩山的寺院见过娑罗树,犹记花开七层,如同白色烛台,银光烁烁,特别好看,于是娇声说道:"承祯师父,这院子虽好,就是少了一棵有花的树。"于是师徒二人在道观里种下这棵娑罗树。

一千两百多年前的这个清晨,一位白须童颜,一位亭亭才女,共同植下这棵佛教中著名的宝树。它与其他四棵桧柏一起,风雨同守,时见彩虹。是年(744年)三月,李白和杜甫、高适结伴登游王屋山阳台观。而司马承祯已于开元二十三年(735年)在王屋山仙逝。面对司马承祯在阳台观所作的长九十五尺、高十六尺的巨幅山水壁画,李白睹画思人,触景生情,感慨万千,遂挥毫写下重笔浓墨的《上阳台帖》:"山高水长,物象千万,非有老笔,清壮可穷。"

不知从何时起,阳台宫的桧柏树顶上,一枯枝如林间奔腾的老虎,又如龙爪捕食。西侧的桧柏,顶部也有形似蛟龙的枯枝,两株桧柏形成二龙戏珠之势。那树干苍劲粗糙,硬如岩石,而树枝也如铁如剑如戟,扭曲时势若蛟龙回首,伸展时如飞龙在天。附近一位八十多岁的农民说,他小时候看这鸟柏就这样子，他自己现在发白齿落，但这树一点儿也没有变化。

姚永霞是济渎庙的研究员，写过有趣的《古碑探微》一书，书里记载《玉真公主受道灵坛祥应记》一碑，碑上记载说，玉真五十岁之后相中玉阳山，主要是因为它距王屋山近，而且是仙人王子晋歇驾之处。于是，公主常住修行，直到仙逝。

玉真公主，李隆基之胞妹，少时其母死在武后手下，太平公主养大了她。可能宫廷里斗争太过血腥，她从小就有慕道之心。天宝三年，公主请求废除自己的封号，帝不许。不久，她又求帝，坚决要求去名号、资产。此后，公主素衣麻鞋，缓步从容，广游天下名山。李白曾经为她写诗："玉真之仙人，时往太华峰。清晨鸣天鼓，飙欻腾双龙。弄电不辍手，行云本无踪。几时入少室，王母应相逢。"

她一生并不寂寞，众多方士与诗人都与她交好，诗人李白、王维、高适都经她举荐入朝。她在长安终南山和嵩山拥有多处道观，在两京还有多处别馆和山庄。她兴致高时与诗人们一起吟风弄月，倦怠时也在青灯下独自抄经。著名的《灵飞经》卷末有"大洞三景弟子玉真长公主奉敕检校写"。她一生通过入道获得了身体与精神上的高度自由，实在是唐代具有独立之精神、自由之意志的奇女子也。

这些上千年的树木，已经成了化石，他们身体里储藏着道人、诗人、公主的声音与身影。柏树曾嗡嗡地向那棵状如公主的娑罗树提问，现在，见过太多的朝代更迭、战争硝烟、出生与死亡，树与树停止了交谈，变得像石头一样沉默。

春天的夜晚，桧柏突然醒来，新枝俏绿，老叶纷然掉落。站在树下，有一股奇异的清香，好像一高道在吐纳，你不由自主地也会静默下来，在纷然的松针里听着钟声响起。而五月中旬的娑罗树，满树举起七层白塔一样的花朵，像一群女孩子在祈祷。

有个秋夜，月大如明镜，两个乡人夜归，走至阳台宫，忽然听到有人诵经。站在门口看时，只见一白衣女子，还有一玄衣道士，在鸟柏与凤柏间飞来飞去。二人吓得一跳，在月亮下大叫一声，狂奔不止。等他们跑出一里路许，回头张望，只见阵阵鹤声中，一群白鹤从阳台宫里飞起来……

故人住在紫微宫

　　王屋山壁立千仞,仙气缥缈,谷里多奇树。山南谷底有一棵远近闻名的银杏树,树荫覆盖一亩多地,相传是西汉时期栽植,距今已有两千多年历史,是我国现存最大的五棵银杏树之一。

　　古银杏树对面的山坡上,就是千年古观紫微宫。紫微宫也是盛唐司马承祯所建,玉真公主也曾在这里修道。我在济源的五年里,与紫微宫里的道姑盛理兴一直有联系。但有一段时间,突然联系不上盛理兴。她的手机被显示是空号,微信也不见了踪影,好像她成了仙人,突然隐身在华盖峰里的云雾里。我时常想起她,她长得很美,饱满的额头,大大的黑眼睛,眼窝很深,高挑个子,着一身深蓝色的道袍,脚穿自己亲手缝的布鞋,戴着皂色的道帽,亭亭玉立,宛若仙子。

　　算起来,我和她共见了三面,都带有仙气。2013年初秋,我和同事陈辉一起采访,结束时带他去看紫微宫,在后院已经颓败得只剩下一道山墙的唐代道观边站了一会儿,准备离开。刚刚走到朝真门边,从山门的楼梯走下来一个亭亭的道姑,她拦住我们说,刚刚做了一个梦,梦里,师父说有人今天要登殿。梦一醒,她便匆匆赶下来,碰到我们。看来遇见也是上天的旨意呀。说笑着,我们跟她上了朝真门。朝真门是个新修的仿古建筑,应该是紫微宫的山门,是一大间,辟出了南北厢房和客堂。客堂中间供奉着玉皇大帝,还有清供的水果与塑料花。朝阳的南厢房的大床上好像睡了一个人,理兴说是师父。我们坐在客堂里喝茶,扑面的云雾从窗子里挤进来,人也有点缥缈起来。

我们下山的时候,她送我们到山门前。下山的台阶大概有上千,走了一会儿,回头看她,她还扬着手,站在台阶上微笑着。云雾已经从华盖峰顶上团团地飘移过来。山顶上的着蓝袍的人儿,宛若仙人。

那年我病之前,老是做同样一个梦——王屋山下的古银杏树,树盖巨大,金碧辉煌。我径直向他走去,还没有走到近前,忽然有一个声音出现:"不要走近,危险。"我没有听,继续向树走过去,突然,我的身体被一股神秘力量支配着,我感觉开始眩晕,融化,倾斜,旋转,好像有一股强力的风要把我吸进黑洞……我一挣扎,醒了。我想起那棵银杏树,树对面山坡上住的盛理兴。我告诉理兴我的梦之后,她就絮絮嘱托我要好好将养,不要过于思虑,不要耽于写作,要开心,"以精神魂魄为药材,行住坐卧为火候,清净自然为运用",静心为上，安养为本。

再见她是 2015 年春节前。一场大雪后，心里牵挂着住在山里的人。几人徒步到紫微宫去看她，她正坐紫微宫里纳着靴子底，见我们冒雪过来看她，十分感动，遂与我们携手去仙人谷踏雪。她那天穿了一身新道袍，新靴子，皂色道帽也帅气，还系了一条深咖啡色围巾，风姿洒然。她走在雪地里，雪地上映出一地蓝色的光辉，我跟在她身后，一直赞叹，多么美，简直如一幅画一样。这一次，她亲口告诉我，她来紫微宫是因了那棵大银杏树。在她升起慕道之心后，她不断地做梦，一座高山，一棵古银杏树，银杏树下一位白胡子道长，手执拂尘，几个师兄坐在树下喝茶。所以那天，她随人到王屋山旅游，走到银杏树下，竟然不走了。几个人催她，她盘坐在树下说："我到家了，哪里也不去了。"

"青青，这棵银杏树我从来没有见过，但梦里却是与现实一模一样，这也是命里注定。""真的吗？""可不是真的，不仅仅是银杏树，还有那后来碰上的几个师兄，竟然也与梦里见的一模一样，我看到他们竟然惊叫出声。师父还笑我呢。"

那天的仙人谷，白雪闪烁，就在我们走过山茱萸林时，大家大声喊起来："立春喽——"理兴也像孩子一样跳起来。枯树上一阵阵雪雾飘过，如纱似雾。她告诉我，她家住郑州红专路上，她年轻时特别爱美，心灵手巧，会缝纫，会设计衣服。

儿子长大之后,她一心慕道,最后说服丈夫上了山。现在最大的问题是生活费用。她在山三年,花了几万元,现在开始向儿子要钱。

"道观不比寺院,寺院里香火常旺。紫微宫是个没有香火的道观,不像大道观,总有点香火钱接济一下。"

说着,她的电话响起来。她走到山谷边接,回来告诉我说:"儿子问我春节回家吗,我和师父今年想去青城山,就不回去了。"

"踏遍江湖今几春,归来一个云水身。"原以为山里修道,是明月清风,白云黄鹤,谁知也常为金钱所困。从理兴这里我也看到一位道人普通生活的一面。

2016年,我的《访寺记》出版,因书里写的有她,一直惦着送她一本。与理兴联络,没有回音,我想她也许云游去了,过一段回来可能就会回复我。但几个月过去了,手机上没有她的信息。我着急了,打她电话,手机是空号。

有天意外在网上看到她住的朝真门在那年五月发生了大火,心里揪得很紧,一阵阵地出不来气。在网上又查了,大火并没有造成人员伤亡。我想象理兴和师父远游,时间过长,屋子里电线老化引起了火灾。而起了大火的朝真门,肯定无法居住了。

临行前一个月,也是深秋,我去紫微宫。远远就看到银杏树了，那整个山谷都是金黄色，从来没有看到过古银杏这样辞别秋天。苍然的远山和灰暗的村庄都被照亮了，好像王屋山把所有的黄金都倾倒在这个山谷里了。不老泉水咕咕地冒着泡，好像无数鱼儿都在喳喋。也许是山谷幽深之故，我隐约看到一个蓝衣道姑走在山道上，好似理兴，疾步赶过去，却是一个归家的山民。一阵风来，万千黄叶如蝴蝶，如飞鸟，如灵魂一样上下翻飞，满山谷都颤抖起来了。

母亲的手从菩提树上落下

每到大年三十晚上,小暖妈妈就会带着她去拜干妈。干妈在寺院里,去的时候,远远地就能看到这棵菩提树。寺院的人都认识妈妈,他们叫她"妙常"。

拜干妈的程序是这样的:先是上香,接着妈妈拉小暖磕头。小暖正在东张西望,被按倒在蒲团上,她只好学着妈妈的样子,像鸡啄食一样。最后,妈妈搂住她,像是祈求:"她干娘,你要保佑小暖。我陪不了她多长时间。"

这棵菩提树长在济源轵城镇大明寺的院子里,把整个院子都撑满了,大雄宝殿里的佛像都罩上淡绿的光芒。妈妈初一、十五一定要去上香,给僧人和香客做饭,有时候也会带上小暖。推开寺院的门,一股幽香就扑过来,菩提树开花了。满树高高举起的白色猫尾巴,在风里每摇晃一次,就有香味飘下来。好像是一树调皮的小猫咪都在招手,让小暖上树来。菩提树的皮又涩又粗,爬起来毫不费力气,小暖几下子就坐在树上了。菩提树枝纷纷伸出手,来抚摸小暖的脸,新长出的叶子绿得如同翡翠一样。几只灰喜鹊也坐在树梢上,看到小暖,惊异地叫起来。阳光透过树叶，如细碎的银子，洒满身子。站在树杈上，寺院变得小起来，屋顶上的石兽开始跑动，绿色的琉璃瓦闪闪发光。小暖感觉这里更像自己的家，空气里有花香与叶子的清香味，鸟在枝头跳跃，婉转鸣叫，空气像是一块块的棉花糖，真想切一块尝尝。她想睡过去，想着想着就闭上眼睛，真的睡着了。

"小暖——小暖——"妈妈的声音有点惊慌。小暖醒了。几只小瓢虫已经上了手臂，把她当成一朵花。小暖从树上飞快地溜下来，妈妈一把抓住她，再也没有松手。

小暖上小学了。同桌也有干娘，但只有她一个人认树做了干娘。她噘着嘴回去找娘。"生你时，不停地梦到菩提树，可见你与树有缘分。"父亲在乌鲁木齐打工，一年只回来一次。母亲应该是想念父亲吧，但母亲从来不说。有一次，小暖发现母亲在哭，家里东院种了许多桃树，母亲站在桃树下，压抑地抽着肩膀，手里拿着一张单子。小暖快走到跟前时，母亲擦了擦眼睛，她的衣襟和头发上，飘了许多花瓣。

母亲突然住院了，躺在病床上，看上去比平时要小许多。看到小暖，她愁苦的脸上有了笑意。"这几天谁给你做饭？功课多不多？"妈妈的手搭在小暖的头顶，头顶热乎乎的，泪水在眼里打圈。这几天，没有了妈妈，家里又空又大，锅灶都是冷的，每天都吃方便面，吃得快吐了。

出门,外边两个中年女人正头对头说话。"肝癌,医生说她活不了半年。""谁呀?""就是七床呗。"小暖扭身推开门,回到妈妈身边,没错,妈妈是七床。妈妈正合眼休息。小暖悄悄地走开了。

这天晚上,小暖来到了大明寺。夜里的大明寺安静极了,只有一弯新月挂在西南角的天空上,娑罗树的身姿像个剪影,印在天空上,和大雄宝殿的檐角一起构成美妙的画。僧人都进了寮房。她蹑手蹑脚,轻轻悄悄走到大树下,立刻觉得自己走进了另一个宇宙。天空膨胀,星星从枝条间掉到地上,一地花影零乱。她忘记了悲伤,不知为什么有点愉快起来,菩提树弯曲着要把她抱起来,她把脸贴着巨大无比的树干,听到树的心脏在怦怦跳动。小暖的眼泪就这样流下来了,她先是肩膀一鼓一鼓,胸口一抽一抽,然后,放声大哭。僧院的窗口,灯亮起来,黑夜抖动,一个僧人推窗看月,听到女子哭声,茫茫然看了看窗外,又慢慢地关了窗,叹息了一声:"阿弥陀佛。"

小暖不知道自己哭了多长时间,反正她竟然睡着了。醒来已经是半夜,月亮已经滑在寮房的屋顶。身上披了一件棉僧袍,散发着好闻的沉香味道。小暖从来没有在屋子外面睡过觉,她站起来,僧院像沉在水底,安静无声,好像月亮的滑动反而有一些声音,"嘶——嘶——"。坐在树下,鸟在呓语,月光落在枝间,有轻微的咔咔声。大雄宝殿的长明灯摇曳着,佛也合着眼微微笑着。她把僧袍叠好,放在大雄宝殿的蒲团上,轻轻走出寺院。心里突然一片澄清,好像所有的悲伤都融化在深夜的寺院里了。

母亲病后,小暖觉得家更大更荒凉了。妈妈躺在东边的屋子里,脸开始塌陷,眼睛也塌陷下去,她看到小暖,眼睛总是一亮。"暖,你过来。"妈妈拉过小暖的手。妈妈的手平时都是粗糙的,现在却白嫩细腻、温润柔软。小暖紧紧地抱着这双手——搂抱过自己的手,给自己做饭的手,在田野里劳作不停的手,在园子里种下芫荽与小葱的手,种下指甲花的手。现在,妈妈的手被迫闲下来了,她什么也不能干,只能躺着,她是多么着急呀。

从母亲过世到被埋葬,小暖都是恍惚的,像是在梦里,也像是被人催眠。她睁大眼睛,却也没有一滴眼泪,邻居们都说她傻了。葬完母亲那天晚上,也是个圆月,院子里一地白银摇晃,母亲的床上还散落着她穿过的衣物,小暖抱住这些衣物,好像妈妈还在。她悲痛欲绝,倒在床上大哭。她厌恶死亡,渴望生命,渴望有人能抱紧自己,安慰自己,将自己从这痛苦之海中捞出来。

她突然想起来,她还有一个母亲!就在隔壁大明寺里。她赤着脚跑出门,眼泪还在脸上挂着,推开寺院门,走动的声音惊动了树上的大鸟,大鸟"忒"的一声飞走了。她跪在树下,头紧紧地抵着树干,嘴里喃喃地说着,我已经无法坚强,我想把自己哭成一滴水,这一切痛苦无法忍受,我像个弃儿,无人依靠。"我也想死去——和妈妈一起——"小暖把身子也靠紧了树,如果不这样做,她就会倒下去。

这时,母亲的手突然从树上伸展开来,轻轻落在她的背上。

吃茶去,吃茶去——

九里沟是茶仙卢仝住的地方。

村头有一棵茶树,据说是唐人卢仝手植的。这茶树扭曲着身子,身上长满了青苔。但思礼村的老人说,茶树绝不是唐代的,宋代也不是,可能是卢仝的后人从江南迁回时植的,不是明代,就是清末。

"买得一片田,济源花洞前;千里石壁坼,一条流泌泉……"卢仝所作《将归山招冰僧》里这样写道,这可以证明他就在这个溪流潺潺、云雾苍茫的地方隐居过。卢仝是中唐诗人里的怪人、逸人、仙人、苦人,给官不做,一心浪游。有一阵子为了接近韩愈,他住在洛阳城。下雪了,断米少柴,只好给韩愈写信。韩县令马上去胡同里看老友,看到的比信上写的还要辛酸:"玉川先生洛城里,破屋数间而已矣。一奴长须不裹头,一婢赤脚老无齿。……至今邻僧乞米送,仆忝县尹能不耻?俸钱供给公私余,时致薄少助祭祀。劝参留守谒大尹,言语才及辄掩耳。……"没有米了,寺院的僧人送米来,韩愈长叹一声,把自己的俸禄悉数留下。这样活着不是个事吧,老友又开始劝卢仝谒见一些官员,但见卢仝捂住耳朵,老韩只好闭了嘴巴。

几年前,我去九里沟,沟内果然小溪淙淙,青苔满地。掬水月在手,弄花香满衣,一个仙人住的地方。村里人说,卢仝煎茶一般用木炭火,或用藤条、硬木柴等。唐时期,上层社会人士多喝饼茶、末茶,卢仝饮用茶品多用诸如小石茶、蒲公英、红姑娘、野菊花、连翘花等野茶。

卢仝煎茶对饮茶环境、方式也有要求。"青松盘樛枝,森森上插青冥天。枝上有哀猿,宿处近鹤巢。"选泉水边大树下,大石当桌小石作椅,慢啜慢饮,任松风吹尘,小溪清心。卢仝泉边汲水,松枝烹茶,兴致高涨。茶烟飘逸,香气涨满山谷。几人对坐,热茶入喉,胸中一阵热流,尘念顿消。卢仝吟道:"一碗喉吻润,二碗破孤闷。三碗搜枯肠,唯有文字五千卷。四碗发轻汗,平生不平事,尽向毛孔散。五碗肌骨清,六碗通仙灵。七碗吃不得也,唯觉两腋习习清风生。蓬莱山,在何处?玉川子乘此清风欲归去。"众人叫好,花香与茶香让人迷醉。友人铺开纸笔,录下这首后来流传甚广的《七碗茶诗》。

卢仝老家思礼村流传两句话:成仙七碗茶,赴死一根钉。大意是成名成家要写诗,但给孩子们起名还是要慎重。像卢仝生了儿子顺口叫"添丁",死的时候被人在头上搌了个长钉子。真是一语成谶。倒霉。

思礼村有两个有文化的人,一是小茶他二大,一是小霜他伯。两个人都爱喝茶,也喜欢斗茶。后晌三点之后,小茶他二大从村子东边最大的茶树下端着茶壶哼着曲子向麦场走去。他家小茶是北京一家电视台的主任,上个月还因为拍有关卢仝《七碗茶诗》的节目,在村里住了半月。这件事像个徽章,戴在小茶他二大胸前,他在村里走起路来,脸上像有一片阳光一直映照着。小茶走时,留给他一盒马肉岩茶。中午喝一下,一下午人都很精神。

　　小霜他伯正在树下打盹。阳光透过树叶形成的光斑在他脸上晃着。一只绿色的螳螂沿着他的胳膊爬上去,站在他肩膀上四下张望。小霜他伯的涎水顺着嘴角向下流着。不知道梦到什么,他嘴里一直吧嗒着。小茶他二大把茶壶盖一掀,大喊一声"马肉——",一双小眼睛频频眨着,眼角还有一小团眵目糊。"啥——这时候哪里有马肉?"小茶他二大爆发出嘎嘎的笑声,震得树上的喜鹊都飞了。小霜他伯咕哝着"马肉——"起身,一双粗得裂口的大手端起一小杯茶。茶汤枣红,香气顺着茶烟飘逸。他一口下肚,那一团香气也随之咕嘟一声掉进肚里。"茶就是茶,还马肉呢。你最近是不是没沾荤呀?"笑声更强烈了,小茶他二大弯下了腰,直叫肚痛:"你这个老东西,茶还有叫'鸭屎香'的。""啊呸——这个你喝,我拒绝。""你看,你看,过时了不是?咖啡有'猫屎',茶不能有'鸭屎'?你可真是古董了。"

"心中无茶,才得至味。"小霜他伯语带机锋。"口里马肉,才知香甜。"两个老头互相不服气。这时一只喜鹊嘎嘎地飞过来,站在茶树上,尾巴点来点去:"喳喳——吃茶去——喳喳——吃茶去——"

村头那棵老茶树也笑得满身的叶子都抖动起来。

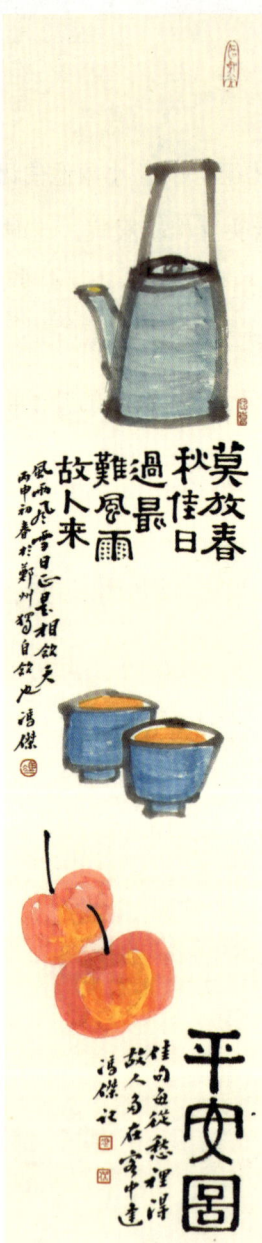

大槐树上住着妖精

花沟人都知道有旺娘老喂老槐树吃饭,蒸了馒头,先供槐树,还念念有词。每逢端午、清明,包顿饺子,也要喂老槐树。有旺娘是个寡妇,二十多岁就死了男人,拉扯着儿子,日子过得不容易。

"八成有旺娘把老槐树当自己相公了。"村里人私下嚼舌头。

有一年夏天,正是大暑,社员们正顶着死热荒天出工。忽然从西北方向刮过来一阵阴风,黑烟般的云彩就跟拉大幕似的,很快把天上遮挡个溜严,紧接着,暴雨滂沱而下。这雨下得太突然,大家都跑到最近的一个机井房里避雨。有旺娘俩是在村西头干活,就跑到那棵老槐树下面躲起雨来。

娘俩在大树底下刚躲好,天空就打起雷来。而且雷声那叫一个大,绕着那棵老槐树前前后后地转,怎么也不走。机井房里的人眼睁睁地看着一个大火球随着一声震耳的响雷直接落在那棵老槐树上,把树干从中一劈两半。紧跟着,又是一阵嗷嗷的惨叫。每个人都起了一身冷汗。雨停了,人们跑过去,结果那娘俩站在半拉树干下,除了衣服有点湿,其他一点事都没有。而且娘俩还一口咬定说,刚才下雨的时候,根本没有看到蓝色闪电,也没听见打雷。

而且更奇怪的就是那棵被雷劈过的老树干,一道烧焦的痕迹上面,留着几道深深的爪子印和一撮黄毛!这是什么野兽的毛,众人也没说出一个子丑寅卯来。

花沟人三福起得早,拾第一泡牛粪,走到老槐树边,看到一男一女抱在一起,两人呼吸的声音都听得清楚。他正想大喊,两人却不见了影子,他怀疑两人进了树洞。他拿起粪铲,对着树洞打下去。说时迟,那时快,一只毛茸茸的动物从树洞里窜出来,直撞着三福的眼睛,三福骂了一声"他娘的脚",飞快回家,回家后一只眼就肿得像个红桃,整整一个月看不见东西。

山里人觉得万物有灵,山里有山神,土地有土地神,树有树精,河里有龙王。这棵古槐是河南三大古槐[1]之一,传说有两千六百年了,树干早就空了,里面可以放张八仙桌,四个人打扑克。有神有鬼偶尔住在那里也是可以理解的。树洞像一个木质的小房子,避风遮雨,实在是再好不过的藏身处。

大月亮天,半大的孩子捉迷藏,把春生的眼睛用布蒙住,大喝一声,四散开去。孩子们像小兽一样钻进麦秸垛、墙角、

---

[1] 分别为济源花沟马岭槐、新安栓马槐、孟济交界双柿树古槐。

树洞，春生扯掉眼睛上的布，开始在村里疯狂地寻找，土地庙的梁上、茅厕、牛屋……他只抓到两个，还有三个找不到。再有半小时找不到就意味着自己输了，得趴在月亮地里，喊每个人一声叔。

春生路过大槐树，突然想起那个树洞，他小时候在洞口看到一条大蟒蛇，青的，盘在树洞中间，眼睛灰绿灰绿，像两个电灯泡。老头老太太举着香在树洞口长跪不起，都说是神仙显灵。小孩子家是绝对不允许靠近树洞的，但其实所有的小孩子都偷偷地钻进树洞探险过。有时候洞里飞出蝙蝠，有时有狐狸，还有一次竟然有一窝野兔……他突然想，自己的同伴会不会藏身在树洞里，这样想着，他就爬上了树。树在夜里也沉睡着，月光打在树洞口，像是掉进悬崖。他向下探头，好像看到两个人影子，一闪，竟不见了。再向下探身时，他觉得有人推了自己一下，心口一紧，人就掉下去了。他感到一双大手温柔地托住了自己，大概是神仙吧。定睛一看，是小仙的爸爸，身边还站着有旺的娘。"你快先上去，拉我一下。"有旺娘的眼睛里有两个小月亮，闪着光。

有一天，树下来了一个奇怪的老头，头发乱糟糟的，用破布条扎着辫子，很长，够到地面，指甲估计十公分。村民都认为他是个疯子，都好奇地围着他。有人问他多大年纪，老头一会儿说一百岁，一会儿说四百岁。

人们再看到他时,是他和有旺娘一起出来。他的辫子已经剪掉,身上换了干净的衣服。细心的人指指点点,说里面那件棒针毛衣,是小仙父亲的。

| 叁 |

蒳园

我的院子,小如芥子。凭着王屋山赠我的一捧土地,我与草木交换呼吸。坦然接受衰老与疾病,怀着感恩,今日一记。——题记

一株是桃树，还有一株也是桃树

鲁迅从八道湾搬到砖塔胡同后，最惦记的是种树。据说，他喜欢的绍兴小老乡许羡苏有一天来看他的新居，他就带着她前后院看，还给她讲前后院的土质。前院土质松软，是熟土，后院是沙土。他准备在前院种丁香，一棵白丁香，一棵紫丁香。他喜欢丁香，丁香含蓄的花朵、苦苦的香味可能都对他的脾性。当然，他也种了碧桃和榆叶梅。我想先生考虑到花信——梅花春节过后即开放，碧桃是三月，丁香是四月，这样整个春天都有花香。那一年去鲁迅故居，在后院看到黄蔷薇——鲁迅当时称她"刺梅"——还有小叶花椒，但没有见到白杨树。在西墙边倒是有两棵枣树。后来种完树的鲁迅在日记里记载："云松阁来种树，计紫、白丁香各二，碧桃一，花椒、刺梅、榆梅各二，青杨三。"

我景仰大先生，别的方面无法做到，在院子里种树还是可以学习的。

搬完家第一天，我就到花卉市场去了。我像个贪婪的地主在如美女一样的花草间巡视，最后选中了青檀树一株，桃树一株，栀子花二株。没有经验的我果然遭到惨败，裸露着根部的青檀树终于没有活过来，栀子树也在萎靡不振几天后枯死了，只有桃树顽强地开了三朵花，算是对我的报答。

话说两年之后，桃树开得如戴了花冠，妖娆艳丽，引来众多蜜蜂与目光。最奇妙的是花朵凋零，还结了一树毛茸茸的小桃子。我每天都要看几遍，惭愧自己天天喝比桃树还多的水，却不会开花，更不会结桃子。

四五年后，桃树在院子东南角已经成荫，却得了红蜘蛛病，一时间树叶卷曲，萎靡起来。我寻医问药，配药喷洒，但因浓度太过，几个月后，枝枯叶落，桃树成了树棍。我一时心如刀绞，悔到肚子都疼起来。树下落了一地青桃子，渐渐也融入了泥土。我以为这是永诀，再也不会相见，但不是的，生命的秘密在于不可知，邻居院子里长出一棵小桃树，她指给我看时，我断定是我家桃树的子女。不久，我的院里靠西边也拱出了一棵像老鼠尾巴一样细的小桃树，一副先天不足之状。我断定那就是桃树病死前掉落的青桃子长出来的。那些还没有完全熟透的青桃子，竟然能长出桃树，也是奇迹了。

第二年春天，邻居的桃树开花了，一树玫红花朵。也是复瓣，不用说，就是我家桃树的基因。我仿佛看到亡友死而复生，激动得差点掉了眼泪。我的先天不足的小桃树长得东倒西歪，某人用了绳子把她固定在栅栏上，我又弄来兔子粪埋在树根，第三年她才奋力开出了两朵花。但这足够了。

生生不息，我从桃树身上感受到了生命的秘密。我愿意自己几十年后，成灰成烟后，也能转生成为一棵桃树或者另一棵桃树。

长了腿脚的葡萄

院子里别的树都是种出来的,但葡萄却是自己跑来的。

我最爱吃的水果有樱桃、葡萄、石榴、水蜜桃,有时就站在院子里吃,吃完顺手把籽和小枝扔在院子里。这年春天,从西侧的院墙边钻出一棵葡萄。她像一个不请自来的乡下客,很有自知之明地躲在一个特别偏僻的角落,缩头缩脑,委委屈屈的。但我还是发现了她。我和女儿蹲下来和她说话:"你从哪里来的?你是我们去年扔的巨峰葡萄籽长出来的,还是那枝玫瑰香葡萄小枝活过来的?"风吹着葡萄叶子,似乎在摇头。"那么,你是灰喜鹊叼来的葡萄籽,也许是去年秋天那场大风卷来的种子?"这次,她没有抖动。那好吧,我们就认为她是风派来的。

这棵风派来的葡萄就在院子里稳稳住了下来,第二年,也许是熟悉了院子风物,从客人变成了主人,她明显地长高长粗,还长出了几枝攀缘向上的藤。她长得如此之快,我们都还没有准备好接纳她,她自顾自地攀上了桃树,左缠右绕,还用柔韧的葡萄须紧紧抓住枝条,像一个生怕被弄丢了的小孩。第三年,她的枝条上缀满了紫色的芽苞,去年的老枝上还挂了几串花朵。那时,公公婆婆身体尚好,还住在郑州,他俩合力用竹竿搭了一个简陋的葡萄架,生拉硬扯地把葡萄从桃树上移走。

葡萄长得真快,盘结缠绕,不到两年,那个竹架子已无法施展手脚,她又开始向着桃树攀了过去。我只好找来工人,正儿八经地搭了一个葡萄架,又央求工人帮忙把葡萄移到木架子上。谁知工人只图省事,举起大刀,三下两下砍掉枝蔓,把她举到木架子上。我去看她的时候,那被砍掉的葡萄藤淌着汁液,像个被宝玉错踢了一脚的袭人。她隐忍的样子让我几乎要陪着掉泪。

摘葡萄成了我夏天最快乐的事情,这棵风派来的葡萄,每年都会结出紫黑色的大葡萄,挂在院子里,像是一串串工艺品。我呢,写累了,也会站到院子里,伸手摘一串,直接入口。酸甜入口、入喉、入心,整个身体都在欢呼。很快,我就发现,不仅仅是我,那些灰喜鹊也被甜蜜吸引了。每当我从外面回来,葡萄架上都会扑棱棱飞起许多鸟,葡萄架下会睡着几颗紫黑的葡萄。我俯身拾起,上面有小洞,正在淌着蜜汁。有的已经有性急的蚂蚁钻了进去。我和喜鹊、蚂蚁分食葡萄,这样的好日子让人心生欢喜。家人要把葡萄全部取下,被我制止:"这个是我和喜鹊,还有蚂蚁的零食。"立秋之后,站在月光里,摘一颗熟透了的葡萄,蘸着夜色、月光吃下去,沁透心房。这成了一种我秘密的奢华享受,只有院子里的风知道。

白衣少年的纯洁与野蛮

好像有人说,你最爱什么,最后你就会被其所伤害。

其实在我的草木种植史里,我对院子里的两棵栀子倾注最多的精力与关心,但最后她们还是郁郁死去。我再也没有养栀子。

我刚毕业时住在南阳油田,到处都是栀子花,每年五月都要宠坏鼻子。我还摘许多花泡在水杯,让香气在屋子里浮动。

她的香有一种少年的纯洁与野蛮,任性霸道,但因为那样甜香,你也舍不得埋怨她。汪曾祺老先生说栀子花粗粗大大,又香得掸都掸不开,我不以为然。因为栀子花花瓣奶白,开时满枝绿叶衬着,格外碧玉可爱。蚂蚁与小虫子特别喜欢钻栀子花蕊。钻花蕊的都是特别小的蚂蚁,他们挤挤挨挨,连成一条黑线。我拉女儿趴在花朵前,凝神看着,把栀子花甜美的气息收入身体。

这段记忆是如此深刻,以至于第一批买花就购了两棵栀子。她们刚来院子,叶片油绿,模样青葱,但到了六月,叶片就开始褪色,叶片周边还有一圈枯黄。上网查询,巴巴问人,购硫酸亚铁,买叶花肥,又是浇水,又是埋肥,但总也不见起色。有一次在慈云寺,延超师父说要用鸡粪,我不顾暑热,跑到乡村,求人鸡粪,村人慷慨给予一袋,我当宝贝一样抱回来,培土埋根。甚至有一次我把喝的酸奶倾倒进树根部——她们不是喜欢酸性土壤吗。她们像挑剔的娇小姐,任我怎样侍候,都不展欢颜,终于在一个冬天之后,香消玉殒,让我悲伤又恼怒,跌坐在院子里,半天无语。

我像一个对恋人关爱过度,却又遭受抛弃的女子,在风里怅惘独立,头发乱了又乱,这种伤心他永远也不知道。

一座长牙齿的蜜城

齐白石爱画石榴,他的石榴都是蜜城。石榴的牙齿粉红而明亮,咧开嘴时,夏天微笑起来。我想起一个人的样子,也忍不住微笑起来。

我要在院子里种一棵石榴,裁下榴花做一条裙子,让我暗恋的男人看到我不由自主地双膝发软。但这样的裙子得需要多少盛开的榴花?给我两个夏天才能采摘够吧。

在秋天到来之前,满树的石榴支着耳朵,听着风声。也许是听了太多的秘密,她们越来越大,终于无法忍受。我的石榴都裂开了口,昨夜她们说了什么,我也听不见。我坐在院子里,问那站在树枝上的灰喜鹊。她像个特别有城府的政客,"咳咳"两声,说:"这个——这个——我也没有听到。"

我要告诉你的是,这棵石榴树是我的,我从花卉市场选好,让他帮我,他倔倔地走了,他对我的宠都是有限度的。但我还是倔强地把石榴搬上了车。石榴树树皮光滑,亭亭玉立,她的枝条是那样均衡圆满,好像她知道自己就是美人。这次汲取首次种树失败的教训,石榴树带了一大块老娘土,上面还缠有草绳，我在东北角挖了个树坑，保险起见，连着花盆种下去了。两年过去了，家人都说石榴长在盆里究竟不是个事儿，"入土为安"。

移树是个大工程，我干不动，只好央求他。他心软，经不住缠磨，就答应了。挖开树坑，看到草绳与土块，他笑着去搬树，树岿然不动，再搬，还是不动，好像被神秘力量吸住了。如是者三。大家趴下来，认真查看，这才看到，石榴的根通过花盆的气孔已经向着土地深深扎下了，这根很粗，别说两个人，十个也难撼动。难不成就这样半拉子工程了？他举起砍刀，几下子就砍掉了根，可怜的石榴一声不吭，被强行移走了。受了沉重打击的她这年夏天仍然开了花。

我在石榴树身上花了时间与精力，所以她是我的石榴树，不是别人的。别人院子里的石榴花没有我的红，别人家院子里的石榴树也没有我的大。但实际上，我的石榴像个不爱学习的野孩子，一直花少果小。

有一天，一个农妇站在我院子外笑道："石榴喜欢贫瘠的沙土，花也开得多，挂果也多。你家石榴生在富贵乡，当然只好长个子了。"

东南偏南,也说桂树的方向感

桂花的香甜有一种让人沦陷的力量,像一个甜蜜缠人的恋人,欲要挣脱却又更深地陷入。特别在杭州和武夷山,江南的水土养桂花,桂花开起来枝条都是黄的,香得人走路都高一脚低一脚的。那年女儿要考大学,我在院子里植了两棵金桂。

秋天到了,我每天都在低头察看枝条有没有花讯。那年秋天我出差到张家界,山里的桂花香让我想起了她。"她,开了没有?"我俩在长途电话上讨论桂花。"没有,两棵都没有开花。"我回到郑州,桂树碧叶沉沉地欢迎我,整个秋天一言不发。难道树也有乡愁?有一天与老师聊起这个问题,他说,树也有自己的方向感。移树时要记下他最初的方向,这样他才会开心生活。有态度的树,有方向的树。但桂树是女友送的,她是从树商手里拿走的,世界上有谁知道她们最初的方向呀。

一切还不至于太绝望,西北角的桂树 2012 年开了花,院子里又香又甜。那年我去济源就职,这香味绊着我,离开时恋恋再恋恋。但东侧桂树仍然神情郁郁,不开花。邻居也喜植物,我说把这棵桂花树给她种,她喜出望外,立刻动手移树。

我算是场外指导,教她调整方向。既然这个方向她不喜欢,那一定是另一个方向,我像个乐队指挥家,东南西北地指来指去。桂树移到邻居院子里,方向正确,一切皆有。这年秋天,这棵桂树举出了第一束黄花。

在原则问题上,树比人固执。

后妈与后爹

慈云寺的山谷里竟然有花椒树,他挖了一棵,带到家里。种的时候,他环顾四周,茫然地咕哝:"你都把院子霸占了,石榴、葡萄、桃树、桂花都成了你的……"他手里的花椒树也缩头缩脑。

院子里十年前曾经有过一棵花椒,那是他最喜欢的树,长在西北角,夏天总招一种花翅膀的大黑蝴蝶在那个墙角盘旋。他天天浇水,宠爱有加。突然有一天,他发现花椒树枯死了。挖出来一看,根都沤烂了,他有点后悔,我称这是"爱过度死"。花椒喜干燥。

院子外面其实还是花池,现在大部分已经被邻居们开发成了菜地。我们在花池一角也开了一小块地,种的是向日葵和荆芥。我于是向他努努嘴。他只好把花椒安置在外院,也叫别院吧。这棵山花椒果然生命力强盛,入土即长,第二年春天已经一米多高。他叶子大,结的花椒也大。喜下厨房的他天天像对待亲生儿子一样爱着花椒树。春天时,摘花椒叶子裹面与鸡蛋,煎得外焦里嫩;初夏,用花椒叶炒南瓜丝,有一股泼辣伶俐的麻香；秋天做鱼时，摘一把青红相间的花椒扔进锅里，鱼也麻香四溢。

下班第一件事，先去看看别院的花椒树。花椒长虫子了，他蹲在太阳地里一个一个捉，汗珠子顺着脸小溪水样淌下来。他吸取教训，尽量少浇水，但从厨房提出来的第一桶水一定是给花椒。有一天，他大惊失色说花椒树有病了，我出去一看，可不，叶片卷曲，蔫儿吧唧。我就埋怨他偏心，总是给花椒浇水，我的花儿朵儿们渴了他也不管。他瞪我一眼。专家给出意见，水泡坏了根，挖出来晒上三天再埋进去。这方子危险，他终于不敢，只是浇水时开始甘露普洒，并不再是眼里只有花椒。

他出差第一件事就是交代，别忘记给我的花椒树浇水，好像我是花椒的后妈。而我出差，总要讨好地发嗲："亲爱的，别忘记我的紫蝴蝶、铜钱草、吊兰……"他也会不耐烦："我是她们后爹……"

何夜无月？何处无竹柏？

松竹梅兰，皆是文人心里的植物。我对待植物是张爱玲的立场：设法除去一般知书识字的人咬文嚼字的积习，从柴米油盐、肥皂、水与太阳之中去寻找实际的人生。植物的种植，于我都是欢喜，并不重意义。我也对屈原的香草与恶草一笑了之，天下植物都是美的，只有人才会分好人与恶人。

友知我有院子，从远方给我寄来竹根几块，这样郑重，让我觉得如果种不出一丛竹子就对不起她的情意。她嘱我把竹子栽在玻璃窗前，有月的夜晚，竹影摇晃，可多玩味。我把竹根埋到东南角的空调主机边。这里，曾经是青檀树自绝的地方，下面有许多肥。

春天到了，我天天到东南角察看，一切静悄悄的，我甚至疑心那长途裸露在外的竹根也许失去活力，不再发芽了。四月中旬下了一场雨，早起地上一下子冒出三个竹笋，身上裹着毛茸茸的壳，紫褐色，我赶忙拍了照片，发友。第二天，又是夜雨淅沥，开门大惊，三个竹笋竟然丈余，神速。她们如此急切地向上，好像地下有人命令，或者是与石榴争那又白又暖的阳光。第三夜,我故意不睡,蹲在院子里听竹节拔节的声音。子夜之后,市声渐消,树上的风也停下了脚步。这时,我听到窸窸窣窣的声音,伴随着香槟酒瓶开启的声音,竹子在我眼皮下展开了旅程——我几乎不相信自己的眼睛。第二天,三棵竹子已经高过石榴,一路向着晴空挺进。友又告诉我,五六天后,记得将竹子身上的芽掰掉,如果错过时机,就成了"毛竹",全身都是枝杈。

四年过去,院子东南俨然竹林。风起龙吟细细,雨来凤尾森森。特别是冬天,其他院子里都灰暗无光,唯有我院里的竹子与桂树青翠有致。如果有雪,可以入画。现在想来,文人爱竹大有深意,种了竹才体会出她的好。《红楼梦》里,黛玉因"爱那几竿竹子,隐着一道曲栏,比别处更觉得幽静",住进了潇湘馆。"竿竿青欲滴,个个绿生凉"的竹子,与黛玉那纤弱素洁的身影是多么相配,别的植物都无法说尽黛玉孤高清洁的气质。

在有月亮的晚上,坐在院子里,臆想与苏轼共同去寻张怀民,一起感叹:何夜无月?何处无竹柏?但少闲人如吾两人者耳。

喜欢自由主义的，不只是青藤

青藤就是葛花。南阳直接叫她"葛华"，像是小名。

"青藤"更像树的大名。明代画家徐渭号青藤，首创泼墨大写意。郑板桥是个特别有个性的人，他热爱青藤，狂热到愿意做他门下狗。这完全是反浪漫，现代人只能想到"老鼠爱大米"。郑还为此刻了一方印——"青藤门下走狗"——让人骇笑。过去的文人疯言疯语，行为怪诞，都是风流。

永泰寺素斋馆的院子里有个巨大的葛花架，四月初开花的时候，坐在青藤架下用餐，人都是恍惚的。满架的紫花垂下来，紫色的瀑布，芳香的瀑布，永不停息地流淌。风来时，花瓣还飞下来，停在茶碗里、酒杯里，为人添了风雅。

朋友书屋名为"听荷草堂"，有一棵十几年的青藤树，在他的画里与书里时时看到。诗人们看他的画久了，都对听荷草堂感兴趣，此草堂成了诗人到长垣必游的景点。大树书吧的张娇是个"植物控"，有一次去了，带回来两颗青藤种子，在书吧里试种，竟然出芽儿，她拍给我看。过了一段时间，应该是去年秋天，她带着这两棵树和一盆大丽花（后来开花，证明不是大丽花而是百合）赶到我这里。那时她心绪正坏，她沮丧地告诉我，书吧里那棵幸福树叶子掉了一地，各种植物都蔫了。"你有院子，也许能救活她们。"

青藤在我的小院子里安了家。张娇过一段时间就要询问长势，并建议青藤离盆入地。我在葡萄的另一边栽下了她们。栽入土地的第二个星期，一场春雨，青藤忽地长出来一大截，暗褐色里带着紫红，比在盆子里一个月长得还高。难道植物对自己的处境了如指掌？大地里的泥土与花盆里的泥土有什么区别，这个问题需要问问青藤先生。我想，还是自由吧，花盆里虽然也是土，但被禁锢在一个小小的地方，无法与更广大的土地交换微生物与水分，也无法把根系扎在更广阔自由的土地上。自由给予所有生物的都是一样的，它带来的丰富与自主，只有自己知道。

从这一点来看，我与青藤息息相通。

一棵自言自语的树

写完了自己小院里的树木,忍不住把目光投向更广大的空间——我所居住的小区,原是果园,开发成小区后,保留了几百棵梨树。小区中心有一大湖,湖边、主路旁全是柳树。而我的窗外又是两排高大旺盛的杨树。日日相看,她们已经进入我的生命,成为我的一部分。我身体里的波涛与水纹,都有植物的倒影。

白杨是一种特别有喜感的植物,善于制造风声,模拟雨声。绿色的小手掌在风里激动地上下翻飞,搬弄着自然界的是非。一个人等候另一个人,杨树下更适宜,因为杨树有风无风都弄出些响动来,让等待的人可以分散点注意力,密密的树叶间还有鸟儿叽叽喳喳。听着风声鸟鸣,你也许就忘记了自己到底是为了什么站在树下,又是在等待什么人。《诗经》中那棵著名的"东门之杨",一直在微风里发出沙沙或啪啪的声音,像等待的人那无法抑制的心跳。杨树叶子在黄昏的光里转成黛色,启明星升起来了。但那个人还是没有来。

周作人在八道湾前院种植了一棵白杨树:"我在前面的院

子里种了一棵,每逢夏秋有客来斋夜话的时候,忽闻淅沥声,多疑是雨下,推户出视,这是别的树所没有的佳处。"资料显示,大先生也喜欢杨树,有一次朋友来久坐,疑心外面有雨,大先生笑道:"这哪儿是雨呀!你们没有见屏门外那棵树吗?是树上叶子响。那是棵大叶杨,叶子大,刮小风就响,风大了响声更大,像下雨一样。这棵树是我栽的,大叶杨有风就响,响起来好听,我喜欢这树。"在八道湾时,兄弟俩还亲睦,爱的树也一样。后来,鲁迅搬到了阜成门内西三条21号的四合院,再也没有栽种杨树。

  我对房子的要求不高,窗外得有树,最好满窗皆绿。现在这个房子住了十四年,窗外的杨树已经冲上了晴空。写累了,总是抬头呆呆地看一会杨树,还有叶子间的晃动的晴空。这两排密密的大叶杨,春天冒出紫红的叶芽,发出青涩而新鲜的气息,好像是春天的体味。四月初早晨起床跑步,天地间充溢着新生蓬勃的气息,让人也想像杨树一样再发一次新芽。初夏晨起,树叶间荡漾着蓝色的雾气,走在杨树下,雾气扑在脸上,像猫舌头,又湿又凉。抬头再看杨树,满树绿色的猫舌头,向着初夏伸开。

  其实杨树最美应该是在秋天,总是窗口左边的树,朝向南的那一枝先黄,像是秋天的冲锋号。在一周之内,所有的杨树叶子都神秘地变黄,好像一只看不见的大手从空中倾倒染料。

然后在某一天，大风中，黄叶满地。每次我都为自己有幸走在这样美好的路上惭愧，自己不是仙女，也不是领导，只是一个贫穷的诗人，何德何能，可以踩在上天准备的闪亮金黄的路上？我尽量把脚步放轻，尽量屏住呼吸，杨树哇，你为什么这样好，对人类充满了好意？

但许多人并不领情，就在去年，物业突然架梯上树，又砍又锯。（理由是夏天暴风雨，杨树枝易掉落，会砸了小区的汽车。）那些长了近二十年、如云的树冠轰然倒地，小区里散发着浓烈的杨树的清气，我觉得是杨树的怨气。杨树斫枝，风声渐息，雨声远去。杨树如手术后的病人，缩着肩膀，形影萎靡，我的心一阵阵疼痛。

相对人类，树几近圣人，不抱怨，不记恨，受到伤害后能更快地成长。杨树更加迅速地爆出新芽，伸展的速度赶上了竹笋，窗外绿荫重现，好像我失落的梦又成了真。新生的枝条披拂四散，婆娑有致，走在树下的人，脸又蒙上绿色。我要替人类向杨树致歉，我要替人类感谢杨树。

《诗经·秦风》里唱道："阪有桑，隰有杨。既见君子，并坐鼓簧。'今者不乐，逝者其亡！'"那让人思念的君子，快来与我坐在一起，快乐是多么容易消失，死亡就等在前边。这好像在说杨树的命运。

我和林黛玉灵魂的通道

我说过我的小区本来是个果园,是个巨大的梨园。

春天的嫩芽都如婴儿一样有神意。梨树三月十号左右开始在枝头绽出青芽,花骨朵包在青芽里,紧紧的,好像怕谁取走似的。

十天之后,满树白花。梨花盛日,五六天足矣。湖边一片初雪,若恰新月初上,圆月当空,最有意境。梨花与月亮最可亲,月下梨花如春雪横卷,梨花上空的月亮如银镜高悬,人处其中,恍恍惚惚,生出飞升之心。那日与友人共步梨花之下,她凑近梨花用劲嗅嗅,笑道,一股清淡的精子味儿。一下子把我笑倒。再背诵"梨花院落溶溶月,柳絮池塘淡淡风"时,两人相对大笑不止。

所有的梨树都是嫁接的,她们原来是春天开着小而密的白花的甘棠。这野生的梨树根据果子的甜与涩,又分为"棠梨"和"杜梨"。棠梨的果子甜,是嫁接果梨最好的砧木;杜梨的果子涩,嫁接出的果子也就次一等。我现在就职的小城就有个甘棠苑,是纪念周公的弟弟召公的。院里高悬"甘棠遗爱"四字,是慈禧的笔迹。召公在管辖秦地时,深入基层,常常在一棵甘棠树下办公,为百姓解决疑难问题。他离任后百姓怀念他,就把那棵甘棠树看成他的化身,不许砍伐。

红楼梦里我最关心黛玉,她的潇湘馆里种有翠竹千竿,梨树一株,芭蕉数棵。清雅,清幽,一如黛玉。原文是这样写的:"忽抬头看见前面一带粉垣,里面数楹修舍,有千百竿翠竹遮映。众人都道:'好个所在!'于是大家进入,只见入门便是曲折游廊,阶下石子漫成甬路。上面小小两三间房舍,一明两暗,……后院,有大株梨花兼着芭蕉。"我自己揣测,竹子是暗喻黛玉的操守。"瞻彼淇奥,绿竹猗猗。有匪君子,如切如磋,如琢如磨。"芭蕉是暗喻她的情思,芭蕉叶片宽大,可听雨声,增人愁绪。而梨花素雅洁白,脆弱易凋,其实是暗喻黛玉的命运。

我与梨树有缘,自小,祖母院子里一株大梨树,满树白花固定了我的审美,我一直喜欢开白花的树。那年从兰州回郑州,友人带我到北环这个小区,正值梨花盛放,本来说好还要再看几个小区,我快速交了定金。到底是看上了房子,还是被满院子梨花蛊惑,自己也说不清楚。

是不是潜意识里,通过梨树,我与祖母、黛玉多了一条灵魂相接的通道?

我心固匪石，君情定何如？

如果评树里的勤奋生，柳树当夺魁首。

这不是诳语，是经过多年的观察得出的结论。我住的小区多植柳树，湖边、中心主路边，柳树柔软、长长的身姿修正了浮躁，让人生出清幽之感。

深秋，木叶凋零，只有柳叶黄中夹绿，仍然随风飘摇。十二月上旬，柳叶完全金黄，千万条金璎珞垂下来，小区这条路光彩重生，华丽闪亮。我故意找了借口每天都在路上来回漫步，为的是仰头可以观赏这金色的瀑布。特别在上午十点，小区无人时，走在这条路上，感觉自己不是皇帝也是公主——只是高举璎珞的是柳树，不是仆童。也许需要两场大风，修长的柳叶依依辞枝，在路上铺一层诗意。此时是十二月底，褪尽木叶的柳条不再柔软，而是显得有些僵硬，像人到中年的女子。

但刚刚过了春节，柳树就不一样了，僵硬的灰色慢慢湿润，就成了红褐色。在料峭的风里，腰肢忽然柔软起来。这红褐色也在不停地转换，忽然有一天就变成金黄色，如果离得近些，可以看到枝条上鼓起的芽儿。从十二月底沉沉睡去，二月中旬吐出小米一样的芽，柳树才睡了六十多天。在一阵阵倒春寒中，这些金黄的芽苞长得很慢，但其灵动一如小鸟的眼睛，是稚嫩的，转动的，娇俏的。

  三月初，有些年倒春寒时间长，可能会推迟到七八号，你会突然发现一团缥缈的黄雾笼罩在柳枝上，似有若无。远远看上去，仿佛随时都会飘走。走近了，什么也没有，只有枝条上小鸟的眼睛更加突出，再来一阵暖风，这鸟儿就可展翅高飞了。暖阳三五日后，这轻纱渐渐稳定下来，颜色也在加重，腰肢更加柔软，在早春的灰暗里，是一抹明丽。

  三月中旬，柳树眼睛毛茸茸的，鹅黄褪去，轻绿上扬，清新出尘得像是自仙界下凡。走在柳树下，只想仰着头走路，那飘扬的柳枝，多像我们逝去的无忌的青春。再有几天，柳树的轻绿就转成了深碧，如同对一个人的朦胧的喜欢变成了爱情。

左手蜡梅,右手白菜

我们小区共有蜡梅树三十九棵,但这个数字仍然在不断地变化。隔一两年,我会突然循着花香找到一株蜡梅。像遇到久别重逢的故人,我每次都会惊喜不已,高兴许多天。

最集中的蜡梅林在湖的东岸,一连五棵,争艳而长。元旦前后,总会满树黄花烁眼,一波又一波寒香搅满了湖边散步的人的心。"这大冬天的,什么花这么香?"如果我正好走在他身边,我会骄傲地回答:"除了蜡梅,还有谁呢?"

冬天访友,我必定手持一枝蜡梅。走过的人都侧目而视,大约会说我矫情。最喜的是去郭纳茶店,我一手拎着老家白菜,一手持蜡梅,裙裾飞扬。白菜与蜡梅花几乎可暗喻我的生活态度。

那天,在茶店里品着郭纳亲手沏的蜜兰香和城门单丛,一边嗅着梅瓶里正缓缓释放香气的蜡梅,晚上就吃的鸡汤大白菜,实在是美好而可堪回味的一天。

明末清初人士叶绍袁,因厌恶官事,告归隐居,筑午梦堂。他与妻女拈题分韵,唱和不辍。明亡后,家破妻女亡,叶绍袁遂隐居山林为僧。生活清苦，但他也经常苦中作乐。梅花伴他林中对月。他在日记里记道："往旧馆折梅花一大枝，奇峭古拙；……空山萧寂，晚步庭阶，深负明月。"他和三个儿子住在山林里，一心向佛，但耳闻明亡之后，故国不堪，常常低回沉吟。还好林中梅树尚多，他经常到梅花树下独坐，梅香扑鼻，慰人心怀。

蜡梅开在三九天，在花中算是孤独求败，有隐士情结。山家除夕无他事，插枝梅花便过年——山里到了除夕前还能有什么事情呢，风一遍遍地荡过黛青苍茫的山谷，满山的树都睡去了，偶尔有喜鹊从山谷里的大树上嘎地飞过，整个山谷更加寂静了。如果有雪的话，山顶上银白地反着光，雪下的溪流哽咽着，流过的地方，雪化开了。这个时候，采药人也放下担子，在家里等待过年，山里空寂无人。淡青的花瓶，清水洗过，等待着那一枝蜡梅，还有孤独自喜的时光。

小区其他树属于大众，而蜡梅专属于我。每次我在蜡梅树下徘徊，身边穿着厚厚棉袄的人都低头匆匆而过，好像他们根本没有注意到这一树树花朵。这让我伤心又兴奋。蜡梅呀，你是我的，因为我一日日，一年年地从不厌烦地在你身边流连，陪伴；看了还不够，还折了两枝清供；这还不够，晚上把梅瓶放在卧室的床头，梦里醒来满鼻子都是幽香，深吸两下，沉沉睡去。白天，给蜡梅换水，梅瓶置于书桌上，看一会儿书，盯着蜡梅花看一会儿,自己都觉得日子过得奢侈。

  一个嗅过梅香的人一生将热爱幽静,一个内心清静的人从蜡梅这里可以寻到知己。

分明说给梦中人

石楠与我不是青梅竹马,只是半路情人。儿时乡村根本看不到这样的怪异植物。

春天,小时候的闺蜜大文到小城去看我,我带她到陕州公园去看牡丹。牡丹姹紫嫣红,一朵挨一朵,如一个个胖美人坦然站立。香气馥郁,与花朵合影的人都被衬得脸儿发黄,再美的人与硕丽的牡丹贴在一起也是平凡。

两个中年妇女在牡丹丛里自惭形秽了一会儿,就去周公岛与召公岛游逛去了。只觉一阵花香袭来,先香后腥,让人倒吸一口气。"你不觉得这花有股精子味儿?"大文向来简单大方,喜欢直抒胸臆。"我一直觉得有股鱼腥味,你说得更准确。"我俩相视哈哈。经她这么一说,石楠花香成了笑料,我也就不敢在这簇簇白花下流连,怕别人说自己是个女色狼。

我对香味向来敏感,迅速把身体储存过的花香分了一下类,梨花、女贞花、板栗花,都是这个味道,但梨花香相对清淡。小区湖边也有一排石楠花,此后,每天散步到这里,都要暗自微笑。一天晚上,天色甚晚,只见一对情侣依偎在石楠花丛中的长椅里，唧唧哝哝，情话成串。走过时，石楠花味道更加浓烈，不知道是他们搅乱了花香，还是石楠增加了情爱的温度。

我对植物的好奇超过对人类与政党的好奇，遇到植物问题从来都是勤学好问，缠住人不放。这次找到个"植物控"，她笑问，知道精子的成分吗？我笑着摇头："这个臣妾真不知道。""哎哟，还作家呢。"她嘲笑道，"主要是胺类的有机化合物。根据德国科学家的研究，天南星科和蔷薇科植物里，花朵的气味易含胺类。蔷薇科里的山楂、豆梨（豆梨是不是甘棠呀？）……""那《山楂树之恋》名字起错了……"我调笑道，"还有，板栗花和女贞花并不是蔷薇科，这个怎么讲？"女友伸手点了点我的额头，这个鬼丫头，你这母鸡与蛋的问题还有完没完。

古人对石楠的评价好过今人，李白还用咏石楠的诗赠庐山女道士，"水舂云母碓，风扫石楠花"，被诗家评为"闲适第一"。石楠花开起来团团如雪、圆圆如绣球，在有情人眼里竟然如美人一般。唐玄宗从马嵬坡归长安途中，看到石楠花白白圆圆的样子，竟然想起刚刚死去的杨玉环。其实，这时候，被后悔与思念纠缠的他，看到任何草木都会想到那个哀痛死去的人吧。他爱过她，但更爱他的江山与权杖。爱情只是他晚年用来怀念的借口。有诗云："石楠红叶透帘春，忆得妆成下锦茵。

试折一枝含万恨,分明说向梦中人。"

据说石楠花花语是"孤独寂寞,威严、庄重,索然无味",这让人想象得到一个男人独卧的画面,反正不会是女子。

山石無易樣

低吟白雲建陽者送君別去無知音
高臺孤直卭嶜兮凌青兮
宜亨瀲申馬徽兮雁飛翔春渡
秋村事無常坐清默兮膠晤鄉
何年何月暿跎陣莫問莫覷
你莫惆悵山石本無易樣

夜聽方言唱別君嘆也
戊戌於中原又記 馮傑

不如叫她冬生吧

每年麦子黄时，女贞花就开了。她的香气特别急促、绵密，像高考前的校园。

我家楼前先锋小学门口两排密密的女贞树一到初夏就嚣张开花。半月花期，像一场激情之爱，让人无法呼吸。

有一天，我伸手折了一枝女贞花枝带回家，照例放在床头，一个晚上没有睡好觉。那香气好像是一双手，捂住我的鼻子，让我几乎窒息。半夜想起床把她移走，但又觉得浑身绵软，无法动弹。第二天早晨恨恨地把她移到楼下。从芒种开始，女贞香味霸道地充斥天地，像洪水猛兽一样，屋前房后，波涛汹涌。半月过后，渐渐退潮，终至平息。天地清旷，鼻子终于寂寞起来。

除了竹子，女贞树最招麻雀与喜鹊。特别是深秋至冬天，女贞子如一串串小紫葡萄，挂着白霜，吸引鸟儿们啄食。木叶凋落，只有女贞子青翠蓊郁，鸟儿在树叶间啁啾，甚觉安全。特别是黄昏，走在女贞树下，头顶啁啾一片，不时落下几颗果子，让人觉得冬天也不是那么寂寥。

李时珍解释这种树为什么名字与"女"联系在一起:"此木凌冬青翠,有贞守之操,故以贞女状之。"但这名字让我不喜。女子贞节全是男性在操纵,牺牲女子生命之欢乐,成全所谓的伦理,无非是持有话语权的男性套在女子身心上的枷锁。晋苏彦《女贞颂》曰:"女贞之树,一名冬生,负霜葱翠,振柯凌风。"冬生像她的小名,唤着更觉亲切。

有一天,和他走在此树下,我突然说,冬生。他"嗯"了一声。啊,原来你有小名呀。月亮下,我看到他的白牙齿,微微闪亮。

丁香打结我自空愁

丁香是个姑娘,是个结着愁怨的姑娘。

我们每天写下的词语都含着无限的深意,这深意是从上古先民们的喁喁私语中来,从《诗经》湿润的河流里来,从唐诗宋词那华美甜蜜的忧伤里来。所以我们每说一句话、写下一个词,都要向遥远的文明致敬感恩。这些词语包含的文化都是无涯的时间与先民的感情赋予的,现在,在我们舌尖上滚动,成为我们与别人沟通的媒介,这是多么奇妙呀。

比如说"丁香"这个词,舌尖首先顶住上颚,然后气流从牙齿间嘶嘶地流出来,我们的嘴巴看起来像是微笑,但这个词却引起了我们的忧愁,好像我们身体里潜藏着的轻雾被这个词搅醒了,我们陷入了轻愁。

小区湖边有丁香数棵,供我在仲春抒情。湖西边是六七棵紫丁香,西南角有一棵特别巨大的白丁香,开时喷雪吐云,浪花浮蕊,几乎要把整个院子抬起来三尺高。观者无不震惊。我每年都要呼友人来赏。有时,特别凑巧,夜里散步,悠然步于园子,远远鼻子里就有花香撞进来,浓烈芳香,香得过了头,有一丝苦味。整棵树占了半间房子那么大的空间，白丁香繁密如雪，覆盖了院子一角。此刻的月亮忽然大放光明，月光倾洒在丁香之上，香雾上升，露水下降。天地在秘密地交接着手印。我们被这香味逼迫，不太敢走得太近，就像站在悬崖边上，怕自己随着流水纵身跳下去。我与友人远远近近，流连不去。

紫丁香长得疏朗，花开得也错落有致，不像白丁香那样疯狂。走在小路上，那香味也丝丝缕缕，如线牵扯，让人心动。在中国古诗词里，丁香愁怨，也可能是因为她的苦香，像一股无法释怀的忧愁。李商隐一生心事浩渺，丁香最得他赏识。"芭蕉不展丁香结，同向春风各自愁。"后人有句"青鸟不传云外信，丁香空结雨中愁"，也是对李诗的拓延。到了戴望舒，才是把二位的诗意加了自己的情感与想象，成就了丁香姑娘。

我晚上在湖边散步时，老是回头向这条小路望，想看到一个打着雨伞的忧郁姑娘从丁香丛里走出来，但终于不见，让人失望。

丁香的叶子带着锯齿，看上去也可爱至极。青海的塔尔寺里也有一棵暴马丁香，被当地人称为"西方菩提树"。

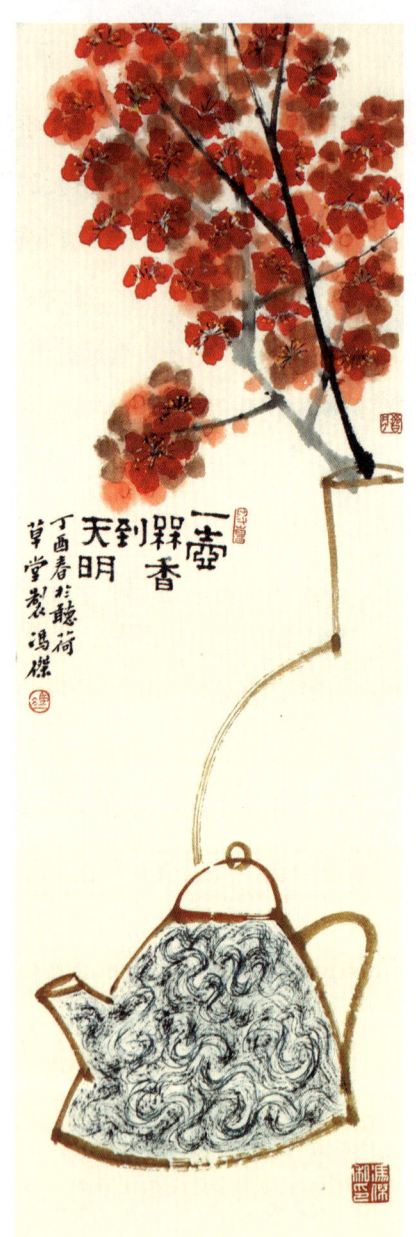

和你一起站在杏花下，不说话

杏花开得早，又凋谢得快，在春天里如果不能天天到湖边散步的话，就会错过她。尤其山岗上的那棵，可能是生得高，身边又没有大树夺光，这棵杏树像个独生女，要风得风，要雨得雨，树皮光滑，树冠圆满，一看就是宠儿。

幸福太多了，就要溢出来，这棵杏树如是。每年春天，小区里第一抹春色就是从这里蔓延开的。在所有杏树里，这棵树开花最早。先是莫名地，枝条上缀满了灰中发粉的骨朵，走近看时，你会感觉枝条有点痒痒，好像整个杏树都因了春风的搔弄而无法自持。朝东南方向的那枝最受阳光与风的宠爱，在春风里最先开口。刚刚开放的杏花粉中带白，如美人面，实在娇嫩可爱。

那天正好故人到来，我拉他去看杏花，到湖边天已黄昏，竹林里鸟雀呼晴，啁啾一片。杏花在黄昏里如林下美人，神情潇朗，一枝上只有一两朵，更多的卷曲着身子，在等半晌春阳、两股春风。他说自小长在杏花寨，这种清苦的花香喂养了自己。多年没有回故乡，也没有看见杏花，今日得见，格外感慨。

临湖还有几株杏花,临水照花,水中一片粉色的轻云荡漾,湖边散步的人心都散了。所有花中,杏花的颜色最娇艳,是真正的少女色,形容美人"杏腮桃面",是真正恰当。我对颜色的觉醒是杏树唤起的,儿时院子里除了梨树,还有一棵杏树,比梨花开得早,一片轻粉如梦如幻。那天,我远远地看到了这粉色的云彩,如同五雷轰顶,完全惊呆了。大地山河,自此鸿蒙开辟,自然界中的五色才开始进入我的眼睛。那时我五岁半。

今年初春那几日,正好在家,天天早晨去跑步,从杏树含着满树红骨朵到开了满树素花,我都一一记录,我的日子也由此有了自己的节律。一周,春雨结束了杏花的花事,我还来不及惆怅,梨花与山桃花已经开了。

日子就在花瓣间闪身消逝。

不言说,但相思

  那条路两边,森森林木,层层叠叠。一路走过去,白蜡、橡子树、柳树、竹子、海棠、樱花、榆叶梅、桃树、丁香、紫藤、菊花桃、杏树、雪松、悬铃木,里三层外三层。小路时隐时现,从小区湖边走进这里,人好像就恍然走入深山,或者说走进深水里,漫江碧透,人被各种绿色推动着,身体是摇动的,但心却极静。

  从春天开始,这条路就红红白白,香气浮动。每次与人见面回来,走到这条路上,心里就一阵热一阵凉,连带身体也起了反应。突然一阵烫的水涌上来,没顶之后,又是兜头冷水,好像一个被热烈爱着的人,突然被抛弃,这四周的繁华胜景一时就成了悲凉,眼泪在身体里旋来旋去,无法止住。

  就在这个时候,我看到了棣棠。喜气洋洋,满枝条都是黄色的花朵,枝条又弯曲有致,参差披拂,让人心里无端地明亮起来。这时,春天已经走到中间,桃花飞落,梨树结果,紫藤也落了一地。这样明亮的花朵让人少了伤感之气。

  这一丛棣棠花沿着小路南侧一溜盛开,长约千米,开时一路轰然作响，花期又长，人人走过都会伫立片刻，一睹芳容。棣棠花在日本叫"山吹花"，她那橘黄的颜色被称为"山吹色"。清少纳言在《枕草子》里记录道，她因畏人言，离宫家居数日，一日接到定子皇后的亲笔信，拆开看，仅一片山吹花瓣，信上写道，不言说，但相思。清少纳言感动落泪，回信道，心是地下逝水。

"棣棠"一词易与"棠棣"相混，大先生就错过，他写给山本初枝的信里，说棠棣类似于郁李，开小白花，结小果实。然后他又说"然而也有人说棠棣花就是山吹"。其实应该是"棣棠花"，"棣棠"不如叫"山吹"之生动——阳光普照，山谷里吹来一阵阵暖暖的风，花影摇动，多么明朗又清新的一天。松尾芭蕉还有一首关于山吹的俳句："激湍漉漉，可是棣棠落花簌簌？"那次第盛放的繁密花朵，落起来当然是索索有声。

五月初棣棠老去，但，且慢，进入六月，夏雨初歇，当我再次回家，棣棠花又开了。只是这第二茬花有点稀拉，不如春天那般涨满，但更有情致。赏心只有两三枝，美好的事物有一点亦足够。从夏至到立秋，棣棠无停无歇，雨水光顾，就开一番，天热难耐，就只开几朵，但一整个夏天从不停止绽放。像一个长情的女子，那寂静的爱，无休无止。

一朵深渊色

我有个坏习惯,在野外走着,看到特别美的花,我都要蹲下寻种子,郑重放进布包里,美其名曰,种到院子里。像个负心的情人,回家我早把那些小黑种子忘在一边。有一天洗衣物,我突然想起花籽来,就赶忙种到院子里。

这几丛蓝色的牵牛花是十几年前从豫西山里带回来的。一大片蓝色的牵牛挂在玉米上,像一群扭着身子使坏的乡下孩子。这年秋天,牵牛忽而爬满院子,甚至还在东西邻居家院子里蔓延。清晨,一院子的蓝花,像是蓝天碎成片,落在院里,闪着光。

我喜欢的花,色彩大都是白与蓝,郁达夫的爱好与我一致。他说牵牛花以蓝色或白色者为佳,紫黑色次之,淡红色最下。而日本俳句大师与谢芜村的句子"看墙头上挂着的牵牛花,一朵深渊色",他也说的是蓝紫色的"朝颜"(牵牛花)。湛蓝色如同虚空,就像在山顶或者飞机上看到的天空,看久了,人也如临深渊,有纵身一跃之想。

日本人叫牵牛"朝颜",文绉绉的,如同他们的见面礼一样,但也很传神,要看她的花必须在清晨,顶着露珠的蓝花朵像一首小令。我小时贪吃,奶奶就拿牵牛籽磨碎,烙饼吃。这偏方特别管用,这黑籽果然把肚子里的牛牵跑了,我又活蹦乱跳起来。

　　蓝色的牵牛花占领院子近三年,我又从报社大院里寻了一大把晚饭花的种子,撒到地里。这晚饭花更野性,很快打败了牵牛。牵牛成了游击队,只在角落里委屈地攀爬,花朵也越开越小,颜色也成了淡蓝。

在黑暗里静默或者睡去

"合欢"这名字像阿Q对吴妈求爱那样直接,不含蓄,土气得厉害。南阳称合欢"夜合树",我觉得又形象又好听。可不呢,你看合欢那秀气的、像羽毛一样轻盈优美的叶子,在暮色里悄悄合拢,只留下粉红的毛茸茸的小扇子向大地上吹送幽香,不是"夜合",是什么?

我在油田生活时,房子前是一排合欢树。女儿满月搬进去,合欢还都只有指头那样粗,也不见开花。等离开油田,已经满树粉花,高过二楼。树犹如此,人何以堪!

现在的小区里有四棵合欢树,都长在不显眼的地方,许多人都没有注意到,独我在她开花时左右徘徊,让幽香洒我一身。有一天,我好奇心大发,蹲在树下要看看她到底是如何合上叶子。太阳刚刚落山,天上都是云霞,刚刚还在风里招展的合欢叶子突然立起来,是的,真的像人从床榻上坐起来一样。这时,一大片乌云飞过来,天顷刻之间就黑下去了,合欢的叶子像被一根神奇的手指抚弄着,轻微地颤动着,然后像一对疲倦的恋人一样,轻轻相拥。这时,我再向上看天空的时候,天空正在变得广大、明亮。这让我惊异。原来是因为合欢的叶子收拢起来,天光大亮。

植物并不都是静默的,它们也与人一样,性格各异。合欢像是植物中的诗人,敏感机灵,对光线的明暗有着特殊的反应,像一个忧郁的人,总在黄昏到来的薄暮中有着无法排遣的轻愁。认识合欢之后,我发现自己养的红叶酢浆草也是夜合昼开,大雷雨前天空突然阴暗下来时,她也夹起了肩膀。如果酢浆草遇上合欢或者含羞草,是不是像宝玉遇上林妹妹,有一种无来由的似曾相识?

但去年在温哥华见到诗人痖弦后,再见合欢,我就忍不住忧伤起来。痖弦十七岁离开故乡南阳,记忆最深的就是小学里的夜合树。这小学是原来村庄的祖师庙,这夜合树长了多少年了,村里的人都说不清。父亲与祖父都喜欢这树,从大陆到台湾,从台湾到温哥华,痖弦多次梦到夜合树。我去那天,他的女儿小米与丈夫正在院子里种合欢,说是台湾诗人吉羽送的。

在温哥华,我去了痖弦家两次,第二次去的时候,他站在窗前,痴痴地看着那棵刚刚种下十天的合欢树。

嵇康曾在《养生论》中提到"合欢蠲忿,萱草忘忧",《神农本草经》中也曾记载合欢"安五脏,和心志,令人欢乐无忧"。如此看来,将晒干的合欢、粳米、适量红糖放在一起熬粥可安神解郁，也不无道理。

　　最近某人在发来的照片里老是皱着眉头，就送他合欢吧，将其栽种于庭院，也是极好的。

一场不动声色的晚雪

"樱花大道"在春天是个时髦词,我却有我的"樱花小道"。

樱花小道在我的小区里,很多人不会走这条小路。为了说明这条路,我得交代一下我的小区。我的小区很大,像个小镇,有自己的小街,街上的按摩店、干洗店、信阳饭店、水果店、菜店都已经开了十几年了。小区中心有一条东西向的大道,东到中州大道,西到花园路。这条路上经常堵车,特别是在早晨上班时间。我散步要到小区湖边,要穿过小区,特别不喜欢走车拥人多的大道。我毫不费力地找到了这条小路。这条小路与大路是平行的,在两排居民楼之间。很少有人会绕过来,只有前边楼上的居民来来往往。

我的樱花小道两边全是高大的红叶李,南阳人也叫"红李"。红叶李开花早,几乎与杏花同步,花朵明净单薄,白中带粉,有点惊疑不定的神情,好像一阵春风就会把她吹走。但几天后,这种担心就显得有点多余,红叶李小花朵缀满了树。一场不动声色的晚雪。

那几天,我天天担心有雨来,一天会找几个借口在小路上走来走去。最好的时候是上午十点和晚上十点，小区里完全静下来，只有风与花朵走动的声音。这条小路上光影闪动，间或有红叶李的花瓣随着小风飘落，我走着，红叶李的香气也轻悄悄地跟着我。这种早春里清淡的香气，如同一个贞静的少女，一点也不撩拨，只让人心生欢喜。

红叶李的花朵两天之后就被长出的红叶子弄得断断续续，已经没有了初雪的明净，像是化雪中的残乱。我后来到新区，发现近年种的红叶李品种特别好，都是先开花，花将凋零时叶子才冒出来。但那些花离我远远的，每年陪伴我的还是这些花叶共生的红叶李呀。她们就像亲人，不是完美的，但是最亲近的。

红叶李不像樱花是整朵落，她飘飞的花瓣如飞雪一样，随风降落。很快，我的樱花小道全是落花，早晨六点我跑步的时候，几乎能听到她们的叹息。再有一场雨，落花也不见了，好像很快融进泥土里，等待明年春天再度飞上枝头。

剩下的季节里，叶子越来越紫，直到落叶飘散时，还是紫色。这条小路总有流浪猫出没，它们轻手轻脚出现在我身后，"喵"的一声隐没在密林深处。蟋蟀也和我一样喜欢这里的幽静，红叶李边的竹林里，大暑前后，总会有它们怯怯的嘶鸣。

有时，我也在这条樱花小道上倒走，我看到小路越来越长，越来越细，那个走在小路上的人，心越来越苍茫。

肆

种花

谁在用南阳话问我，喝汤了吗

植物与植物之间也有战争，这战争活生生地在我家的小院子发生着。晚饭花今年败给了竹子与鸭跖草，零零落落地开在角落里。但胭脂红的花朵在黄昏的天光里，仍然有岁月静好的暗示，让人在热浪燃烧中还有信心活下去。

汪曾祺先生有一本书叫《晚饭花集》。晚饭花，我们南阳叫她"喝汤花"，意思是一样的。在老家，月亮下走着，经常院子里有个黑影站起来叫道："喝汤了吗？这是去哪——呢？"院子一角，喝汤花在月亮下瞪着猫咪样的大眼睛。她与合欢恰恰相反，喜欢幽暗。

晚饭花种子是从报社院子带回来的。那几年上班总是去得早，就在报社院子里散步。东院里有早樱、牡丹、海棠和蔷薇，最东边还有高高的雪松。物业在雪松林里铺了一条木栈道，这一大丛晚饭花就靠着院墙长着，玫红、黄，都饱满明亮，好像要给世界上的红与黄命名，那样自信与敞亮。没有人照看她们，从夏天开到秋天，落霜之前一直开着，好像那落叶与泥土里有着无尽的生机与活力，都被她们吸收了。我喜欢这种野性，就悄悄摘了一些种子，当时还分了黄与红，随便撒在院子里。第二年春天，她们像菠菜一样的叶子占领了院子，把前几年的主角指甲花挤得不见了踪影。从六月初开花，她们不歇气地一直开到霜降，元气淋漓，气势如虹，轰轰地燃烧着。每天看到她们鲜艳夺目的小花瓣，心里都会明亮起来。

这种花实在太野性，不知道是邻居们摘了种子，还是风和鸟儿们的功劳，反正三年下来，一楼的院子里轰轰地烧着一样的晚饭花。黄昏时候，前边的小学校放学了，一群孩子尖叫着拥过来，然后，消失在晚饭花掩映的院子里。又热闹又寂寞。

我以为这样热烈野性的植物永远永远不会消失，但不是的。友人送的竹根今年发了疯，从小院东边嗖嗖地蹿了一大片；我从水沟里带回来的鸭跖草气焰嚣张，她夏天长起来时又纠缠攀附。晚饭花不断撤退，最后只在花盆里落下脚来。她看上去孤单了许多，也不再嚣张，静悄悄地举起两枝胭脂一样的花朵，好像月亮下的老乡，用南阳话问我："喝汤了吗？"

你是被宠爱的指尖

十几年里,我院子里的花也是你方唱罢我登场,主角已经换了几拨了。最早占领院子的是指甲花,重瓣粉色。几年来,指甲花被晚饭花打败了。她在我的小院里一度是像巩俐一样无法忽视的明星。晚饭花比指甲花还要狂野,伸手伸脚,几个回合,我发现,指甲花已经不见了踪影。

她是我从黄河边带进小院的。那时女儿尚小,公公婆婆住在家里,还有一只花猫和一只白色的萨摩耶。家里整天人欢马叫,闹嚷嚷的,唯一安静下来的是院子和自己的书房(兼卧室)。周日总要带女儿去黄河边,靠近大堤,除了大片的杨树,还有菜地,菜地边是大片的指甲花,开得粉红粉红,一团团的。这里的指甲花是复瓣的,一层一层,像牡丹一样,所以颜色格外娇艳。

我像是一个见到情人的女孩子,本能地低下头去,好像腿脚突然软起来。指甲花的种子碰不得,俗名"急性子",轻轻触碰,她褐色的种子皮就会突然裂开、卷曲,里面的小小种子被射向远方。

哪一个乡村长大的女子没有染过红指甲？那是清贫中唯一的绮丽，并且整个过程都像被宠爱着。摘花，晾花，摘眉豆叶子，清水洗手，躺下，小手伸开，指尖一凉，奶奶把揉好的指甲花铺在指甲上，随着一阵沙沙的声音，眉豆叶子包裹了指头，细的麻绳系好。不许动了。如果要洗脚，也是奶奶端来热水，扶我坐起来，她蹲下来，给我洗。我则翘着手指，像个娇小姐。接下来，干什么都是轻手轻脚的，手指一直翘着。梦里几次都被自己的翻身吓醒，以为弄掉了指甲花。

第二天，指甲花开在指尖上，如是染三次，指甲变成紫红，细嗅还有花香呢。现在满大街都是各色美甲店里染的指甲，女孩子们指甲上如同青草地上的各色小花，每次看到我都会想到祖母给我用指甲花染的红指甲。

有一年夏天，我偶然看到我暗恋的他穿着凉鞋的脚，趾甲是紫红的，心里一阵酸涩。我看到一个爱他的女子，就蹲在指甲花后边，低着头细细给他包红趾甲。这紫红的趾甲，让我尝到了嫉妒的味道。

十分冷淡存知己

菊花因五柳先生而出名。五柳先生人淡如菊,在南山的山口上一直摇曳着,也在中国文人心中一直摇曳着。

菊花性凉,像是民国女子张充和,十分冷淡存知己,一曲微茫度此生。这冷淡是一种清洁,精神上的高度清洁。五柳爱菊,也是因为他的凉薄与自洁,有孤高自许之气。我的一个"植物控"朋友,一时兴来,一定要考证陶渊明的菊花是不是现在的菊花。他垂首书中半月有余,终于兴冲冲地来找我,公布他的调查结果:陶的菊花都是山里的小野菊,或者叫甘菊,不是开封城里那硕如牡丹、卷曲如时尚少妇发型的大菊花。

中国的古文字里,"菊"意味着"穷",大概是"花开,秋尽"之意。过去的文人都喜吃花,魏晋时尤甚。菊花性寒,微苦,"竹林七贤"等文人都推崇吃菊、饮菊,说是可以"轻身延年"。菊根须发达,多年草生,秋冬枯萎,春风吹又生;喜砾壤沙土,耐干旱,草垄土埂,水渠沟壑,都可存活。童年时,秋后,总喜欢在沟畔烧野火。百草枯黄,唯有秋菊叶子苍绿,遍地黄花,一沟苦香。想那陶渊明在东篱种菊,应该不是行为艺术，而是菊花易种好活，蔓延极快。一两年里，菊花的小火焰噼里啪啦，一路燃烧过去，烧尽浊气，只留清风。陶渊明那时困窘，春天刚刚冒出来的菊花苗可以做菜、烧汤，秋天菊花采下来可做餐食，可以制茶，说不定还可以卖给收药材的商人，换得银两。

去庐山这天，中原大雪，一路上群山皆白，一朵朵巨大的白菊花恣意开放，清凉之气弥漫四野。我们这次住的庐山醉石酒店就在庐山南麓虎爪崖下的陶渊明故里（古柴桑、栗里），今称"温泉镇栗里村"，苏轼手书"归去来兮"四个字赫然就在酒店对面的石壁上。酒店东边六公里处的万杉寺位于庆云峰下，寺后有竹林清溪，还有珍珠泉，仍然汩汩有声。山峰上据说有杉树万棵，风过涛声，犹如雷吼。

住进酒店第二个早晨，我早早起床，想去寻找陶渊明。一条溪流淙淙，引我就近，我看到一块巨大的青石卧在溪水里，上有朱熹手迹"归去来馆"四个大字及历代名家的墨迹。据说陶渊明归隐田园后，在山田劳作之余，喜欢顺手浮一大白，然后躺在大石头上吹着小风，望向苍穹，故此石被称为"醉石"。我仿佛看到陶渊明醉态可掬地枕流而眠，也许一阵风来，吹落他的帽子或葛巾，或者花瓣落满了他的衣襟。"除尘致清幽，方可卧醉石。"

能在山里睡一觉，这个想来都仙气十足，却是五柳先生的日常生活。后来有人记载，陶潜于重阳日在野外饮酒，没有菜，直接摘一把菊花下酒。这时江州刺史王弘又送酒来,二人在菊丛中,边咀嚼菊花边喝酒,直至醉归。有一次,酒酿好了,家里却穷得连滤酒渣的布也没有,陶渊明一急,就摘下头上戴的葛巾当作滤布,等酒滤好了,就直接将葛巾戴在头上。颜延之送陶渊明两万钱,陶渊明却要儿子将钱全部存放到酒家,以便随时沽酒买醉。

菊花参与到陶潜的物质生活里,然后直接渗透到他的灵魂中。可以想象,在庐山靠南山的山谷里,辞官的渊明荷锄而行,渴了就喝身上酒壶里的酒,什么酒呢,菊花和小米酿制的甜酒,不是现在的高度白酒。陶渊明住在乡下,天天捣鼓着如何弄出好喝的。有一天,他脑中突发奇想,把菊花放入酒酿,再启酒瓮,菊香和着酒香,沁人胸魄。陶诗说:"秋菊有佳色,裛露掇其英。泛此忘忧物,远我遗世情。一觞虽独进,杯尽壶自倾。日入群动息,归鸟趣林鸣。啸傲东轩下,聊复得此生。"

在陶渊明诗中最为出名的当属"采菊东篱下,悠然见南山"之句,这成了历代文人仕途遇挫时的心灵图景。也许,当时住在山间竹林的茅舍中,沟畔、溪边就有野生的菊花,陶渊明就顺手挖了一些菊花根种在自己庭院。菊花秋天时燃烧了一院子,他蹲在菊花前看着,香气弥漫,人泡在菊香里,都眩晕起来。小蜜蜂在花丛里飞着,小蚂蚁也忙忙碌碌地沿着花梗上上下下,他几乎看痴了。看花比在官场看同事或上司的脸色要有趣得多。他与菊花美美与共。

说到陶渊明的菊花，还有一个小笑话。还是我那位"植物控"朋友，与我讨论陶渊明的菊花时，他郑重地说，陶渊明一定是个斜眼。我大惊，问道："如何见得？"他悠悠地说："你看，他本来是到东篱去采菊，却不经意地看到了南山，不是斜眼是什么？"一阵大笑后，他郑重道，"我说的这个斜眼，是对俗世现实黑暗的不满，是对喧嚣人世的睥睨。"

苏东坡、白居易、朱熹都来访问过脚下的古栗里村，三人中，苏尤爱陶渊明，陶是他屡受挫折的人生中的精神支撑。苏在海南岛那些寂寞的日子里，一口气和了陶诗一百多首，这是对隔代灵魂知己的致敬。他认为自己前世是陶渊明。他在诗中不停地呼唤着这个隔代知己："我欲作九原，独与渊明归。""携手葛与陶，归哉复归哉。"他在陶的人生里找到了自己的影子。

面对自己精神上的老师，苏轼还经常惭愧，因为陶是完全放下，甘心自愿过上了田园生活，而黄州雪堂上的东坡，却是被贬之后，只好开荒种地，养家糊口。但豁达的他很快从大自然中获得了力量。静下心来想起渊明，他内心觉得自己的境界与老师还差那么一公里。他写给弟弟的信中说："吾真有此病，而不早知，半生出仕，以犯世患，此所以深愧渊明，欲以晚节师范其万一也。"

427年秋，草木摇落，鸿雁凌空。菊花疯狂地开放着，高高低低，使这山间茅屋都淹没于黄色的花海里。陶渊明觉得自己的身体里一阵隆隆的响动，好像有什么东西在破裂。他听到心脏深处的缓慢而孤独的鸣响。梦中，无数朵菊花载着自己飞起来，好像到了一座山上——也许是菊花，也许是莲花，大如车轮。仙乐隐隐，他听见有个声音在呼唤自己："你回来了。红尘一游，六十三载，你可厌倦？"菊花们都张大嘴巴替他回答："归去来兮，归去来兮。"早晨起床，他让儿子给自己铺开纸笔，一口气写下了《自祭文》和《挽歌》三首，写罢掷笔长叹，时日不多。胸中悲欣交集。

写完这些文章，他就开始不吃正餐，只饮菊花茶，吃少许菊花粥。两个月后，在菊花最后的香气里，他吐出了胸腔里最后一口气。"余今斯化，可以无恨。寿涉百龄，身慕肥遁，从老得终，奚所复恋！"

窗外，东篱的菊园一地落英。

在一朵玫瑰上花费的时间

玫瑰是从书本上来到我面前的,她是他乡,是陌生的美。包括她与爱情的关系,我也觉得牵强。我谈恋爱,没有人送我花,都是送书,送笔记本,也有送相册的。第一次男友送花,是一束桔梗,从路边买来的。我接过花,又是难过又是委屈,别过头去,默默掉了眼泪。花是随手买来了,显得不郑重,也不是我喜欢的花。人也不是。我的爱情一路都是阴差阳错,踏不到点上去。

玫瑰从西方诗歌中直接移植过来,又热烈又短命,这样的爱情也不是我喜欢的。我更喜欢长远而清淡的感情。但彼时年轻,心意不坚定,崇洋媚外,也想有人手持玫瑰,也许再加一块巧克力,等在楼下。包装纸上有西方小女孩粉嘟嘟的脸,金色头发上扎着丝带。但大学四年,没有出现这个人。后来过起了日子,过日子的人宁愿到超市买一块肉也不买这样好看而不实用的劳什子花,我也只好把菜花当玫瑰,越来越像个形而下的主妇。

玫瑰像极月季,也像蔷薇,南阳人统称之"刺玫",是不是带刺的玫瑰,我真没有认真探究过。这带刺的玫瑰,摸上去有点扎手,像个坏脾气的小姐,动不动伶牙俐齿地伤人几句。小时候,村里谁家院子里有月季,或者墙上爬满蔷薇,这家人不仅招来蜜蜂,还招来孩子们。我们这些小鬼头爬在墙上探头探脑,皱着鼻子,最终趁主人不注意时折几枝花。乡村的狗都特别机灵,帮助主人看家护院,极负责任,看见一群小孩子聚在墙头,先是警惕性陡长,大眼睛圆睁,然后,无法忍耐地狂吠起来,还一点点地逼近。于是你会看到一群孩子尖叫着抱头鼠窜,一条狗兴奋地跟在后面,尾巴高高地飘动着。

后来认真地观察,发现玫瑰的叶片像小时候叠花的纸,有点小褶皱,叶片边缘还有一圈细细的茸毛,而月季的叶片是光滑的、坦白的,没有爱情中那些细密的小心思。玫瑰开放时香气浓郁,花香袭人,而月季则香气清淡,时远时近。她俩都有刺,但玫瑰刺硬密尖锐,月季的刺稀疏扁平。玫瑰花折下来不久就凋谢,像爱情一样脆弱,而月季则皮实多了。爱情啊,终究都带着尖锐的疼痛与嫉妒,关键还短暂易凋,如玫瑰。

我比较感慨的一朵玫瑰开放在《小王子》这本书里,任性、娇气,还骄傲虚荣,像所有陷入初恋的女孩子的样子。她对小王子指手画脚,对小王子的星球说三道四,她用咳嗽强调自己的统治,让小王子时时处于有过失的地位。她的骄傲是刺,抵御着不存在的伤害。

但小王子爱她，愿意为她做一切。后来小王子离开了她，看到更多的玫瑰花，但仍然怀念着她。他对一片玫瑰花说："你们很美，但你们是空虚的。"小王子仍然在对她们说："我的那朵玫瑰花，一个普通的过路人以为她和你们一样。可是，她单独一朵就比你们全体更重要，因为她是我浇灌的……

"正因为你为你的玫瑰花费了时间，这才使你的玫瑰变得如此重要。"

这一朵幸运的玫瑰花呀，哪一个女孩子能修成这样的玫瑰花，这一生一无所有也是幸福的呀。

黛安娜被比喻成"英伦玫瑰"。命运的吊诡使这位原本羞涩单纯的女孩在遭遇婚恋的磨难和伤害后，从脆弱变得坚强。但她却在重拾信心、忠于自己、追求自由和快乐时，被夺走了短促的生命。当年，黛安娜葬礼上，艾尔顿·约翰边弹边唱《风中之烛》："永别了／英伦玫瑰／你永远盛开我们心中／你的一生／就像风中之烛／光芒从不随夕阳沉没／你的足音／将永远缭绕在英国最翠绿的山丘。烛光虽会燃尽／你的传奇却永垂不朽。"

她的弟弟说："她具有孩童般的热望去为别人做好事，那样她就可以从自我否定中得到解脱，在内心深处，戴安娜自始至终是一个非常缺乏安全感的人。"

中国的玫瑰花当属《红楼梦》里的三姑娘探春。书里借下人的口说她"浑名是'玫瑰花'":"玫瑰花又红又香,无人不爱的,只是刺戳手。也是一位神道,可惜不是太太养的,'老鸹窝里出凤凰'。"与同是庶出的姐姐"二木头"贾迎春相比,不同于贾迎春的懦弱、没有主见,她是大观园里的改革家。探春对待亲生母亲赵姨娘非常有玫瑰的锋利。有一次,赵姨娘的兄弟死了。按照贾府的定例,家里的姨娘的亲属,丧葬费是二十两银子;外头的姨娘的亲属,丧葬费是四十两银子。赵姨娘不服,但探春铁面无私,只给二十两。

我在兰州读书时,永登的苦水玫瑰最有名。同学送我玫瑰花茶,一个牛皮纸袋,装满了暗红的玫瑰花骨朵,说是五月玫瑰花打骨朵时,就要摘,含苞待放也不行,开放的花朵更是香气散尽,完全不行。花骨朵像个中了蛊的白雪公主,美与香气都凝固了,经过剧烈的蒸与烘干,保存了玫瑰所有的精华与香味。在读书时,放上两三朵在水杯里,她们的红色洇开了,溶化在水里,花苞也微微打开,像是要再有一天春阳就要迎风开放。我那时失眠,脸上长了痘痘,喝了半年,竟然皮肤光滑,脸色也好了。

明末冒辟疆的《影梅庵忆语》,充满柔情地回忆爱妾——"秦淮八艳"之一的董小宛亲手炮制玫瑰花露,"……经年香味、颜色不变,红鲜如摘。而花汁融液露中,入口喷鼻,奇香异艳,非复恒有"。服用时,"五色浮动白瓷中",色泽和香气让人神清气爽。

《红楼梦》中,贾宝玉是个情种,每个女孩他都看出好来。演旦角的芳官分到他屋里,他看她风情张致,喜欢她,尽心地宠着她。有一次他挨了父亲的毒打,王夫人拿了玫瑰清露和木樨清露来,让袭人喂他吃。玫瑰露清热解毒、和血消肿,又有玫瑰的香气,是个稀罕物,宝玉就把喝剩下的连瓶子一起送给芳官,而芳官又送给自己的好友柳五儿,五儿又给了娘。柳嫂子把芳官送来的玫瑰露倒了一碗拿给病中的侄儿吃。她侄儿就着水吃了半碗,顿感"心中一畅,头目清凉",果然好东西。但这玫瑰露却引出了伏苓霜,最后被婆子们告到王夫人处,柳家里抄出了伏苓霜和玫瑰露瓶子,柳五儿被软禁,最后又惊又怕,死于非命。这玫瑰露内藏凶器,谁可料到。宝玉所饮的玫瑰露类似董小宛的玫瑰露。饮这玫瑰露的都是柔情的、心里有爱的男人,这样的男性在日常生活中像熊猫一样稀有。

桃花开了,才是春天

桃花是从我的骨头里开出来的。世上的春天都繁花似锦,花像波浪一样,一波未了,又一波涌起来。到了春天,我总如风中浮萍,随着春风左右摇晃。看着满树的花骨朵,我的心里又是兴奋又是焦虑,兴奋的是也许明日或者后日,她们就要全开,焦虑的是开了几天后就会凋谢。到底如何是好,我也不知道了。就像碎碎说的,花一开,心都乱了。

前几日回宛,友人带我到白河湿地看郁金香,小矮丛开得一片粉,一片红。也真艳丽,但与我是不亲的,因我自小没有见过这样的花,我远远地看她,惊异,近近地观她,也很陌生。美而不亲,这感觉特别怪,就像是个T型台下的观众,在看那些流光溢彩的模特儿,她们都美,但高跟鞋走的都是猫步,一条线来了,扭扭搭搭,肩膀和腿这里一摆,那里一放,让人觉得新奇。大家都要照相,我却提不起兴趣,木木地站在一端,不想和郁金香合影,好像她们就是那又瘦又高又陌生的模特儿。

我说过,我居住的济源距离南山只有十分钟车程,我在孤闷时经常要到山里转转。南山有千万条山谷,几年来,我们其实就像蚂蚁一样才走过了她的一点点。这是春天的一天,我照例又到了山里,进山从来没有目的,就是想去大自然里与植物、与土地亲近一下。但亲爱的大自然从来都不让我空手回家,总有惊喜,总有意外的礼物。这次的礼物是桃花。这是清明后的第四天,平原的桃花已经平静下来,山里的桃花开得狂野得很。我们站在南山的山坡上,但见山坡上、灰色的山谷里,朵朵红云,那就是亲爱的山桃花呀。山桃花的颜色像一个太美的人,光芒万丈,逼人眼目,让人注视的时候心里有微微的不安。她的模样也自由自在,风姿潇洒,枝条四散,有的伸向天空,有的奋力向外挣扎,基本上看上去是无序的,想怎样长就怎样长。没有人为了让她多结果子而修剪她,更没有人来打扰她。这样平静的野山谷,不是旅游景区,也没有什么文化可打捞,人迹少见。只有风和喜鹊在山谷里相遇,桃花也许是她们相见的暗号。桃花站在山谷一边,自顾自地开着,一大群蜜蜂围绕着她不倦地唱着。她端庄无邪却又风情万种,娇媚得无法用言语形容。看到桃花,我像见到亲人,我笑着朝她跑去,我向她挥手,我好像要去拥抱她了。明知道自己现在的模样不太适合站在她跟前合影,但仍然忍不住要拉一枝花过来。谷底的另一棵桃花已经有点倦了,溪水里全是落花,亦有小鱼从水底冒出来,啄几口花瓣。

　　看过山野里的桃花,再到桃园去看桃花,就要倒了胃口。

桃园的桃树都被人剪得像秃了尾巴的母鸡，身形萎缩着，枝条盘曲，花朵在枝条上也惊魂不定。每一棵桃树的样子都差不多，像是工业车间里出来的产品——只要人的欲望嫁接在任何物种上，这物种准要出问题。公园里的桃花也不太对，整齐的篱笆墙，青砖铺成的弯曲的小路，一片桃花，像是欢迎要人的学生突然举起手里的花环，太整齐划一了。虽然不像桃园里的桃花要被剪枝，但公园匠气还是限制了桃花的美，她像个进城久了的乡野姑娘，气质已经改变，不再天真烂漫，而是有了淑女的矜持。李渔老先生早就看出了问题，他说："欲看桃花者，必策蹇郊行，听其所至，如武陵人之偶入桃源，始能复有其乐。"

李渔说的桃源，是五柳先生给所有文人下的一个蛊，每个人都梦想有一天去往那里，像那个打鱼人一样，"忽逢桃花林，夹岸数百步，中无杂树，芳草鲜美，落英缤纷。渔人甚异之，复前行，欲穷其林"。桃树在这里充当了一个导游，好美的导游哇，带着想归乡的人到这个与世隔绝的地方。"土地平旷，屋舍俨然，有良田美池桑竹之属。阡陌交通，鸡犬相闻。其中往来种作，男女衣着，悉如外人。黄发垂髫，并怡然自乐。"

我在想，乡村的花树那么多，杏树、梨树、梅树，为什么五柳先生独独选了桃树，可见桃花与乡村这阡陌纵横是多么相宜。"桃之夭夭，灼灼其华。之子于归，宜其室家。"隐士们也需要植物的陪伴，桃花又多情又明媚又安静，是个好伴侣。《诗经》里思无邪的桃花影响巨大，隐士们热爱桃花的居家气息，士子们用桃花来比喻逝去的爱情。想象那个怀着相思的人，惆怅地站在桃花下，想着心上人，那真是痴倒一片哪，以至于千年之后的张爱玲在与胡兰成热恋时，也以桃花为主角写下了《爱》。

爱就是时间淘洗之后，仍然分明地记得桃花树下的人。放纵自己一会，坐在桃树下，让桃花瓣纷纷地落在衣襟上、头发里。想一想从前爱过的人、做过的荒唐事情，一切皆可原谅，只要爱过了，都是好的。桃花点亮这灰暗的人生。

人生有了真正的爱情，才叫人生啊。桃花开了，这才叫春天哪。

田野上荡起黄金波浪

有一天和女儿走在风里,油菜花正在山冈上倾倒着明黄的颜料桶,满世界明晃晃的,好像天空都充满隆隆响动的声音。女儿走着,皱起了鼻子,她说:"油菜花真难闻哪,一股臊气。"我正准备抒情,经她一说,我也伸了鼻子认真地闻了闻。从小滚在田野里,油菜花开的时候觉得空气里只是颤动着花粉,有着略微刺激的花粉味道,清新而浓郁,但不知是臊气。我去油菜花田里照相,女儿也开始不屑。"重重叠叠的,照出来不好看哪。"她从小在城市里长大,看习惯了公园里的海棠、樱花与紫藤,对这泼辣热烈的油菜花完全没有好感。而我恰恰相反,看到原野上燃烧起了油菜花,才觉到春天的盛大与荒蛮——你也会不管不顾地被裹挟进去。黄得耀眼的油菜花照耀着大片翠绿的麦田,四月的原野明亮欢腾。我看见大地在黄色与绿色之间翻了一下身子。所有的生物都重新活过来了,鸟飞上了天空,蛇钻出了洞,青蛙在田埂上与溪流间跳来跳去,人们也莫名地兴奋着,不知道自己到底怎样才好。

单株的油菜花是真不好看,一味地黄下去,也没有层次。

油菜花的好，好在波涛一般涌来，挤挤挨挨一大片，天地都起了震动，轰轰烈烈，却也寂静欢喜。你沿着两边都是油菜花的小路走下去，感觉到天地初开，地老天荒也许就是这个样子。

一到春天，我就觉得城市里局促，我觉得自己要到更广阔的地方，其实就是想奔向原野，像只野兔子一样。看到原野上那望不到边的麦田、油菜花田，一畦绿一畦黄，你就想奔跑起来。麦田里有青涩的气息，油菜花田有略带刺激的花粉和蜜蜂的味道……在这些田野的尽头，是刚刚冒出绿芽的杨树，你开始是小跑着，接下来疯狂地奔跑，好像这样一跑就带动油菜花也跑起来，带动田野一起跑起来，带动整个春天一起奔跑起来。作为一个乡下人，我喜欢这样无拘无束的春天，喜欢自由散漫的春天。这必须要油菜花作为背景，她狂野新鲜的花气让你放松而开心，你不必扫花，不必伤感，就像里尔克说的：

> 是的，春天大概需要你。某些星辰
> 大概要求你察觉它们。从逝去的事物
> 曾经涌起一朵波浪，或者当你路过
> 敞开的窗门，一阵琴声悠悠传来。
> 这一切皆是使命。但你是否完成？

我等乡下人，不管城里的小资们如何结队看花、流连在海棠与牡丹下，我只管看桃花与油菜花。如果有一个园子，左边植一株桃花，右边种半垄麦子、半垄油菜花，春天的时候坐在粉红与明黄之间，嗅着从田野深处冒出来的特有的气息，即可抵十年清欢。

谁配活在有牡丹的世界上

世界上最应该有怨气的是芍药,一样的硕大丰满,一样的雍容华贵,但牡丹赢得了众多文人甚至皇帝的青睐,芍药较牡丹则要被冷落许多。世人称牡丹为"花王",芍药为"花相",芍药总低一头。但高与低,王与相,终归都是人心的分别,草木永远都自顾自地盛开与凋落,欢乐与愁怨都是人类的。

牡丹的美是直接呈现,大方磊落,有一股逼人的直率与阳刚之气。也许是由于花形太过圆满,她被世人拿来作为荣华富贵之象征。她那浓郁的香气也奇丽诡异,有着压倒一切的霸道,每个走近她的人,都要陷入香气的陷阱里,无法自拔。此外,硕大如牡丹一样的花朵是不多的,连芍药也是她的表妹,更无论月季与玫瑰。她张扬妖娆,傲视众芳,有着君临一切的气度。

《红楼梦》里没有写牡丹,大约书里每一个人的命运都无法用牡丹来比喻,就是宝钗之姿可以牡丹来喻,她拥有的那些富贵荣华也都是很快要烟消云散的。牡丹不是我喜欢的花,但我与她的关系却是纠结的。我爱她,又睥睨她。洛阳的王城公园就在市中心,也是七十年代唯一可看的公园,里面遍植牡丹。我那时都是暑假才到那里去，从来没有看过牡丹开花，但在公园的简介与橱窗里，总能看到牡丹的丽姿。

没有看到过她丰满奇丽的花朵不影响我的想象力，就像我那时缺少父母之爱，但在我的想象里，完美的家庭之爱温暖如春，像月亮一样圆满，像春水一样温柔。我上高一时，王盛桐老师让我们自命题写一篇作文，我想来想去，写了《牡丹》，把我从橱窗里看到的只言片语加上想象，洋洋洒洒写了一大篇，用的词也很浓丽，应该有许多对仗句，还把武则天与牡丹的故事也编了进去。几天后，老师把我叫到他办公室。他翻开我的作业本，问："你这篇不是抄的吧？""不是，我自己写的。""见过牡丹吗？""我养父母在洛阳，我在公园见过。"我坚定地望着他的眼睛。"嗯，写得不错。"不久，拙作被发表在《中学生作文报》上。我成了学校的明星人物，这篇作文至今仍是我成为才女的明证。

牡丹美而少韵味，她的名声大多得仰仗女皇武则天。可能牡丹那傲视众芳、君临一切的气度很得武皇的心，武则天很喜欢牡丹，"唯有牡丹真国色，花开时节动京城"。武则天是个有本事的女人，但因为皇上一直是男人当，她坐上皇位之后，心里一直不安。牡丹好像是个安慰，牡丹的气度证明女性也是可以君临一切的，正如李白所写："名花倾国两相欢，长得君王带笑看。"

牡丹开得硕大无比，但也如世上的荣华富贵，凋谢得飞快，太阳一照，就谢了。文人大多不喜牡丹，皆因文人大多穷酸，与富贵无缘。周敦颐说，牡丹，花之富贵者也。以子之贫贱，毋乃不宜！欧阳修说，牡丹为花妖。可见文人们都远之。文章憎命达，文人多半命运多舛，见了牡丹就怜惜自己，犹如在水中看到自己的倒影，两相对比，更觉伤悲。

  牡丹虽为木本，但植株低矮，长得又圆头圆脑，花开起来，几乎举在同一个平面。几个大朵挤在一起，犹如几个胖美人并坐一地，看上去美得拥挤，让人不能有疏朗清远的感觉，也是遗憾。

  不论喜欢与否，洛阳的牡丹每年盛开都成了全世界轰动的事情，我也少不了陪着友人去看牡丹。不论你带有多少偏见，牡丹的美仍然是摄人心魄的，她艳丽丰满，如唐代的美人，带着致命的诱惑。只要站在她面前，你的眼睛都要陷入困境，一片姹紫嫣红，富贵风流，自己总要猥琐起来，想着回去之后，需要好好妆饰靓丽，才配活在有牡丹的世界上。

禅是一朵荷花

小区里有片湖,湖里有荷花。初种时湖东南有数丛,几年后,她以浩荡之势蔓延了大半湖。我有许多时光都在湖边虚度。

过了"五一",荷偷偷露出水面,水面上万点清圆,在波浪里载沉载浮。她们日日长高,不断地伸展自己。最喜初荷颜色,清碧透明,沁人肺腑。只需半个月,水面都被荷叶遮住,开始有荷花骨朵尖尖地冒出来。过不了几天,青蛙的声音也从荷叶缝隙里呱呱地漏出来。六月是荷月,湖里的荷花一夜高举,万花吐芳,清香溢远。她出现在水面中,是像铜钱一样的柔嫩与娇小,然后她的手高高地举起这绿叶,像是要献给夏天的礼物。这奇妙的叶子在长大,如盘子,如铜镜,如月亮。她们看似拥挤,实则疏离,高低错落,有韵有致;有的打着令箭一样的结,有的还贴在水面上逍遥,有的好像与鱼儿商量事情,荷的每一个姿态都有万千禅机。

隔水红尘断。水给了荷永远的清幽,她从泥水里挣扎孕育而生,从此生出了一个完全不同的种类,通身上下,皆是洁净。站在风雨里看满池新荷,荷叶上银珠乱滚,最后倾倒入池内,荷叶洁净如初生——一切如露又如电,不如此刻就丢开。荷叶如一页页《金刚经》,向众生示现色相如梦幻泡影。科学家给出了荷叶自洁、防水之谜底:我们看着很光滑的荷叶,上面其实有许多肉眼看不到的蜡质的小突起,这样使水珠无法在叶面上停留,我们才得以看到下雨时雨水在荷叶上滚来滚去,最后倾泻进湖里的美好景象。水过不留痕,风过亦不留痕,对万事万物从不执着,荷叶本身就是一位高僧,淡定禅静,从不沾染尘埃。

现在让我们说说她的长满绿色小刺的梗吧。小时候,经常会在夏天折一枝荷叶扣在头上,在太阳地里疯跑着。折荷叶可不容易了,因为她的梗特别柔韧,好不容易折断的时候,缠绵的藕丝可以拉出长长几米来。这些绵绵的藕丝从荷叶至荷梗,一直延伸到污泥里白白净净的莲藕身上,好像佛祖心里那无边的悲悯,回向众生,绵绵不绝。佛教里讲的是"空",但用的是情,空是荷叶,情是藕丝。有一日读《金刚经》,读完置卷,满脸泪水,感动于佛祖那慈父慈母般的不倦说法。佛祖与须菩提孜孜不倦地对答,就是要告诉众生:须凡所有相,皆是虚妄。若见诸相非相,则见如来。今日面对风摇荷叶,突然起了一样的感动。

这时,走来一青衣女子,极瘦,模样依稀似王菲。她手持随身听,正在播放《心经》,我亦如风吹荷叶,离离不停。

女友说过她的爱情,那年他送她一张画,画上注两句诗:"名莲自可念,况复两心同。"从手工的荷花里,看到了彼此的心意,可谓"相莲得怜,相藕得偶"。这也是荷花带来的佳话。

睡在水波上……

我喜欢一切水生植物。水生植物多凉性，花朵明净。隔水红尘断，她们是植物里的槛外人。水生植物的名字也都好听：荷花、水葱、芦竹、慈姑……水生植物都虚心，可以与水波交换呼吸。她们茎里多生丝，藕断丝连，好像比陆地上的植物多情。

朋友是个"植物控"。有一次去乡下，沟渠里有一种三角形叶子，开着小白花。他说是慈姑。"像个圆脸女子，慈而美。"他说汪曾祺爱吃慈姑，说过"慈姑好，格比土豆高"。我听了要笑。大概是慈姑长在水里，比土豆美，更有格调吧。沈从文也说过这话。文人对什么事物都讲"格"，包括对慈姑、土豆。

水生的荸荠我最爱吃。二十年前去张家界，山里人卖荸荠，雪白雪白的，放在盘子里，老太太期待地看着我们。我尝了一个，凉甜，满嗓子都是香，比冰激凌要好吃。一下子买了一大包，一路上和着山岚和流云，吃了个精光。"荸荠笔直的小葱一样的圆叶子里是一格一格的，用手一捋，哔哔地响，小英子最爱拎着玩,——荸荠藏在烂泥里。赤了脚,在凉浸浸滑溜溜的泥里踩着,——哎,一个硬疙瘩!伸手下去,一个红紫红紫的荸荠。"后来读汪曾祺的《受戒》,格外亲切。江南的荸荠皮是紫红的,而中原的是褐色,吃起来水也没有南方的多。南方人还把荸荠风干了当点心吃。萧红的回忆大先生的文字里,写道:

　　风干荸荠就盛在铁丝笼,扯着的那铁丝几乎被压断了在弯弯着。一推开藏书室的窗子,窗子外边还挂着一筐风干荸荠。
　　"吃吧,多得很,风干的,格外甜。"许先生说。

那年我去印度,印度寺庙外都是卖莲花的,香客们都手持莲花,虔敬地走进寺庙。寺庙里的菩萨金光闪闪,双眼低垂,脸上有着宁静的微笑。旅游车只要停下来,就有一群小孩子来围着车卖莲花。王城外的池塘里有莲花,我认真看了看,叶子是睡莲的,光滑而油绿,但花朵却不是低低地伏在水面,而是高出水面一点儿。到底这算是荷还是睡莲,一时我也分不清了。反正植物到了热带模样都有点变异,大部分都硕大丰满,不像在温带那样收敛。难不成睡莲到了热带也无法安睡,在水面上直起了身子?

我的小区的寨河里植有睡莲，它的花比荷开得早，一直开到白露。几次我都在那密集地压在一起的肥厚的莲叶上看到了青蛙，身子上有金线，白肚皮一鼓一鼓，让人发笑。玫红的、黄的、白的睡莲花，早晨最明媚，晚上大都合拢睡去，怪不得叫"睡莲"。

我认真地看过一朵睡莲开放，她只开三天。早晨，花蕊里有露水；黄昏时，她面有倦色。随着黄昏的光线，她慢慢合拢，张开的花瓣悄悄合拢的样子有着少女的娇羞与矜持。第三天晚上，她已经没有力量合拢花瓣，她的花瓣低垂着，像鸟受伤的翅膀。早晨再去看她，粉色的花瓣掉在绿叶上，碧绿配粉红，有嫣然百媚之态。现在，这朵睡莲顶着自己粉黄的花蕊。莲花任何时候都是好的，包括凋零时分和化为残荷之时。

但她的美有个条件，她必须睡在水波上。如果我是个这样的美人，我就向上天要一场爱情。这算不算奢侈？得问问睡莲。

吃进身体里的槐花

　　槐花胜雪，暮春的一场香雪落到了村口，香气从屋顶直达村子里的小猫身上。但村子里没有人赏花——我的母亲，还有和母亲一样年纪的乡村女性，饥馑年代的经历使她们过早地丧失了赏花的闲情，却常在看到花时想到吃。

　　从早春开始，春天一点点地落在餐桌上，蒸榆钱，拌柳絮，蒲公英炒鸡蛋……现在，槐花终于要登场了。晚上的槐花在月亮下面窃窃私语，撒一地碎银。早晨，奶奶就去捋槐花，她对待花是那样郑重，只把花串摘下来，绝不折枝掐叶。"那样树会痛。"她对站在树下的我说，让我从小接受了万物有灵的思想。

　　槐花躺在篮子里，一篮子幽香，那些愣头愣脑的蜜蜂不顾一切地向花堆里钻，我想，她们一定发出大叫："快来呀，这里花最多呀！"奶奶用清水洗尘，将槐花晾干，拌面，上锅蒸。只需要几分钟，槐花的清甜就弥漫了整个院子，好像热水把花的灵魂都逼出来了，她们成团地在院子里聚集，香气拍着人的鼻子。奶奶总是让我捣蒜。刚刚出锅的槐花是青色，过了一会儿,她们又恢复了白色,好像在高温里她们又重新开放,凋谢。

蒸槐花是所有蒸菜里我最爱吃的,一股清甜从口腔里向着肚子里滑动,温香软玉一般,我听到胃的欢呼声。现在我仍然在回想那种清甜的滋味,就像把春天吞进肚子里,软,凉,甜,还有植物的青涩之气。那是四月里所有植物的气味。

童年时,家西边是槐树林,密密地把我家院子与田野隔开。有一次,一只被狗追得惊慌失措的兔子像箭一样从田野里射过来,她一定是无法控制自己的速度,撞上了槐树,在地上又弹起来,死了。地上有一摊殷红的血。可怜的兔子。我家阿黄叼着兔子对着奶奶摇尾巴,奶奶只看一眼槐树,就完全明白了,但她慈悲地对那只猛烈摇晃尾巴的狗说:"你发现的,也有功劳,一会儿骨头都让你吃。"

槐花开时,我爬树的本领得以最好地展现。槐树皮涩,给我这个小猴子一展身手的机会,我噌噌地爬上了树。奶奶把旧被单铺在树下,我在树枝间穿行,槐花串如大雪纷纷,倾盖而下,大花猫兴奋得在花雨里来回扑,她一定以为槐花是白翅膀的鸟。我在槐树上看到了更远的伏牛山,黛青的远山,好像里面住着神仙。而湍河的水在村西南方闪着银光,更远的地方还有什么,我看着天边飘荡的蓝雾,不禁怔住了。蜜蜂们在我耳边嗡嗡地说:"远方,还有远方……"然后她们又向着刚刚开放的槐花花蕊里钻进去。我跟着蜜蜂吃花，这种吃法一定准确：蜜蜂钻的花朵都是在晨露里刚刚开放的，里面的蜜新鲜清甜，直接入口，好吃极了。而开放两天以上的槐花，甜度就会打折扣。

我们家的槐花太多了，奶奶就让我给邻居送槐花。柳条编的篮子，一篮子的槐花，我走，大群的蜜蜂也跟着我走，好像我也成了槐花。甚至还有一只黄翅膀的蝴蝶一直跟着我。我说过，我们家在槐树营的最西头，被田野包围着，距离村里的第一户邻居有五六百米远；走出门去，还要穿过我家的大菜园子。我走累了，就坐在菜园田埂上休息，我的篮子一放下，蜜蜂们就嗡的一声都落下来。白花上面覆盖了一层金黄，她们收拢翅膀，用力地向篮子下面钻去，好像蜂蜜都藏在暗处。一群鸡看到了蠕动的蜜蜂，她们扑扇着翅膀，发出咯咯的、兴奋的声音。我的槐花篮子快倾倒了，我只好举起篮子，一直举到头顶上。就这样，我的头顶上盘旋着大群蜜蜂，身后跟着不甘心的母鸡，甚至还有几只蝴蝶上下左右地绕着我飞。邻居的老山婆看到小小的我，心疼地喊着我的名字，一边接过我的槐花，一边把我抱起来。回来时，我的篮子里要么是两个大鸡蛋，要么是一把散着香气的芫荽。

在我十岁的时候，谷社寨要盖新房子，奶奶让伯伯砍下槐树林里所有的槐树，装了两大马车。这些被砍了头的槐树个个沉默顺从,粗细长短都基本一样,奶奶说可以给新房子做椽子。看着马车走远,我大哭不止。槐树林里横陈着树枝,地上满是她们碧绿的圆叶子,厚厚的一层,浓烈的清气好像是她们的怨气。从那年开始,院子里再也没有下过香雪。我坐在树下等着,五月到来的时候,我想象着疲倦的槐花在南风里落了满地,那一场沉默的香雪。

六月暴雨后,槐树林里冒出新芽,没有冒芽的树墩里蕴满了雨水。是夜,我听到了青蛙与癞蛤蟆明亮与低沉交替的二重唱,那好像是为那些已经变成椽子的槐树所唱响的挽歌。

路旁木槿花,马儿一口吞掉它

我的女友们都很风雅,都像屈原那样喜欢吃花、戴花。那年在春的家里雅聚,她家住在高档小区,外面是湖,长满菖蒲。她是信阳人,准备的饭菜里有新鲜的鸡头米(芡实)、莲子汤,都是好味道。我说,还有一个菜,也风雅,也好吃,还可以美容,这就是木槿。

这天携手下楼,见到木槿,淡紫的花朵正准备合目睡去。"槿花一日自为荣。"木槿朝开暮合,是最短命的花,"趁她将睡未睡,把她和梦一起摘了,咱们吃一顿。也不枉她美丽一场。"遂摘了一盒子。

我拿着手机拍了制作木槿炒蛋的过程。那飘满了水盆的花瓣,淡紫晶莹,两颗金黄的笨鸡蛋倾倒进去,立刻锦绣河山,有着鲜花着锦的美丽。有人感叹说,良辰美景,五美相聚。绿萼正在准备炒菜,大声说:"蛋。"我就势接道:"但——少一男人!"惹众人哄笑。炒好的木槿鸡蛋,鸡蛋呈淡绿色,木槿呈深紫色,颜色极其奇妙。众人拿来栀子花摆在碗碟间,顷刻之间,满桌菜肴生辉,花香使餐桌有了仙气。吃一口,木槿嫩滑，鸡蛋鲜香，间或有一股五月的清气，荡漾在口腔或胸腔里。

最后，我下手做了一道木槿豆腐汤。洗木槿花时，只用水冲，不下手来回搅动，免得花瓣受损，颜色变成乌蓝。豆腐也要先切成小方丁，放入沸水里煮几分钟。木槿花最后放入汤里，早放就会萎缩，花形不佳，汤色也会变暗。汤好之后，满屋子花香，汤碗里飘着木槿花。

爱一人爱到极致时，你想把他吃下去，爱花亦然。苏东坡对于饮食极有想象力，他会把松花和蒲黄放在一起，然后到后山上摘一把槐花——如果木槿正开，也许就摘木槿；杏花正开，就摘杏花——再加山蜂蜜，放在一起捣碎成浆，放入坛子。坛子用蜡封好，埋在有阳光的梅花树下，三个月后开封，香味沁人，色如琥珀。子瞻有创造性，文、画、书法，都一骑绝尘，后人只可仰视。他不像屈原那样将吃花作为情怀，他是带着游戏的心情，爱这世上一切美好的事物。

小林一茶的身世堪哀，三岁丧母，十四岁时，疼爱他的祖母也去世了。读到他写自己孤单的样子，我心口都是疼的。"没有母亲的小孩，随处可以看出来：衔着指头，站在大门口！"啊，我和他有着同样的命运，这样的画面是锥心的。儿时凄凉孤单的人，一生都无法治愈自己的哀伤。"和我来游戏罢，没有母亲的雀儿！" "潺潺小川／凉清酒……啊，木槿花"——

他的俳句里弥漫着凄凉之气,寒凛凛的。他的木槿花是小溪边的孤独人,自饮着清酒。木槿花的花瓣落在水面上,越飘越远了。

同样的木槿花在"俳圣"松尾芭蕉那里却是喜气与意外。松尾芭蕉有一句:"路旁木槿花,马儿一口吞掉它。"木槿秀雅,马儿不解风情,一口吞了她——松尾芭蕉的俳句总有这种差异感。他的"树下肉丝、菜汤上,飘落樱花瓣",每看每笑。

今年五月去加拿大参加女儿的毕业典礼,华夏中原春日已逝,大洋彼岸春色正好。英属哥伦比亚大学校园里,草地上的蒲公英又肥又大,黄得亮眼。绿草地,小黄花,真像满园子奔跑的青春。我小时候落下的暗疾又犯,直接掐几朵黄花入口,清甜芳香,有一股大地深处微微的土腥味。在济源的小院子居住时,后院有许多红白玉兰,肉乎乎的花朵开起来,亮了一院子。我顺手摘一朵红玉兰吃了,辛香清甜,有芥末的刺激味道,让人的舌头跟着打一个机灵,像这个早春的倒春寒一样清凛。我吃上了瘾,又摘一朵白玉兰,也是同样清凉,但多了一些甜蜜。好像白的是尤二姐,红的是尤三姐。

后来我在想,我吃花的习惯一定是母亲遗传给我的。母亲跟我住的时候总是吃花。春天,小区的柳絮开始带着金黄的颜色,她就说:"到清明前折点柳枝,晒干了,泡茶喝,去火。"郊外,蒲公英开着小黄花,又醒目又明媚。母亲蹲下开始挖起来,边挖边解释:"这种野菜,凉拌一下,吃着可是美。"

接着,槐花开了。我们进山去时,路边的花如雪一样,她探出头说:"槐花,槐花。"她要捋点槐花,回家蒸蒸吃。哇,她又惦记着吃了。看着她把这些美丽的花一把一把地捋下来——花还含苞待放呢——我就开始心痛,说:"别摘花了,想吃咱们到饭店去吃。"母亲不理解我的意思,还在狠狠地捋着。我最后几乎是扯着她,才把她从树下拉到车里。"你看,你看,多好的槐花,多摘点,够咱全家吃一顿了。"

去年"十一"长假,去大山里,只见开满了黄色的野菊花。我抱着大捧野菊花钻进车里,香气满车。第二天,我像个负心的男人,早被更新鲜的景色吸引住了,几乎把这些有点蔫的野菊花忘在了脑后。母亲则蹲在那里,耐心地整理花朵:"野菊花最去火,回家晒晒当茶喝。"

那年,我咳嗽,下班到家,只见桌子上摆着一盘黄绿相间的小饼。"用山里的野菊花与荆芥摊了点小饼,吃了也许咳嗽就轻了。"母亲看了我一眼,又走进厨房。过了一会,她把一碗枇杷红梨茶放在我手边。她坐在沙发一角,看着我。我的眼睛有点湿,不敢眨眼睛,只将头埋进碗里,喝茶。

俏荆芥反对雾霾病

荆芥治咳嗽，这是我奶奶的经验。

我家东边是一个一亩地大的菜园子，夏天到来，我、花猫和黄狗都在里面捉迷藏。一人高的龙豆角开着不起眼的小紫花，绿色的长豆角比我头上的辫子还长，我一站进去就被淹没了。我赶紧跳出来，头上已经落满了紫花瓣。黄狗比我还要笨，被豆秧子缠住了大腿，它绕着篱笆一边呜呜呜地叫，一边挣扎。黑白花猫站在一边，幸灾乐祸，我也是。阿黄终于挣脱出来，开始追赶猫和蝴蝶。

荆芥都是靠边种的，比起大模大样的番茄，随地一躺、有魏晋风度的南瓜，尖锐而热烈的辣椒，我们家的荆芥简直就是刚进贾府的林妹妹，穿着青色的裙子，低眉顺眼。她站在菜地的边缘，向那些喧哗的黄瓜、茄子张望。她与她们在两个世界，她永远也长不高，纤弱，静默。但她脾气并不好，如果掐一片她的绿叶子，一股清凛而辛香的味道直碰你的鼻子，好像在说："别碰我，我不是好惹的。"可笑的自卫，真真俏晴雯。

夏天，我经常被奶奶派去掐荆芥。"荆芥要常掐，要不老得快。"到八月时，荆芥还是长出了长梗，开着小白花，结出了密密的小果实。她的叶子开始变小，好像瘦弱了许多，也好像她把所有的力量都用来结自己的果实。奶奶这时就会扭着小脚来割荆芥，用细麻绳把她们扎成小把，倒挂在屋檐下。她们渐渐失去了翠绿的外衣，干枯，萎缩，但脾气不改。有时候我不小心碰到她们，仍会有一股清凛、辛香的味道直冲过来。

我小时候娇弱，秋风一起就开始咳嗽。家里的黑白花猫非常不喜欢我咳嗽，她本来最喜欢和我睡在一起，这时候却会远远地离开我，有些不解地瞪着我，仿佛对我嗓子里过两分钟就要发出的轰鸣一样的声音感到奇怪。

我的咳嗽还是被荆芥止住的，并且药引子必须是夜色。奶奶总是等月亮从梨树东边升起来之后，才开始制作荆芥煎饼。取荆芥叶子揉碎，放进打碎的鸡蛋里，加面粉发，按顺时针方向用力搅拌，只见蛋液里泛起绿色的泡沫。铁锅烧热，下油，渐有蓝烟冒出时，将面碗贴着锅沿，慢慢倾倒面糊，然后用锅铲将面糊摊平。小火之上，锅底落下一个圆圆的白月亮，这月亮渐渐有了香味，黄狗、花猫和我一起绕着锅台转圈。白月亮被翻了个，颜色大变，变得黄绿相间，还带有星星一样的糊斑。第一张煎饼是不能吃的，奶奶小心地将饼放在瓷观音前的碗里，口里念念有词，我想大概是求观音菩萨保佑我的病快快好起来吧。

荆芥煎饼还原了荆芥那美妙的滋味,还有鸡蛋的鲜香。我吃了两天,就不再咳嗽了,但我受不了那滋味的诱惑。到了黄昏,暮色开始像水一样流进屋子里的时候,我就故意咳嗽两声。奶奶看着我,笑而不语。当我看到奶奶又在屋檐下摘那有凛冽清香的荆芥,我的心狂喜地跳动起来。

今年冬天,我在城市灰暗的雾霾里不停地咳嗽。这世界上,再也没有一个人惦记着用荆芥来治愈我的咳嗽了。

找个胖辣椒结婚

南阳人说一个人看上去呆呆的、钝钝的,但实际是个火暴脾气,就叫"面辣子"。

面辣子也是我小时候经常吃的一道菜,是把辣椒切成小圈圈,打进鸡蛋,加少许水、面粉,拌匀,放在铁锅上煎。这辣椒就像一个暴脾气的男人被妻儿缠绵,无奈只好收了心性,绵软下来。

这是我小时候最能容忍的辣椒吃法之一,因为辣椒已经不再那样锐利。我这一生特别恐惧一切激烈的事物与情感,喜欢细水长流,喜欢默默长久。激情总是靠不住的,过于热情也会让人生疑。

我说过,奶奶有一片一亩地大的菜园子,其中辣椒长得特别茂盛。一到七月小暑之后,每天早晨奶奶都会扛着竹篮子到菜地里,收获最多的辣椒,好像这一大片辣椒在变戏法,一夜就变出来一堆翠绿的果实。粗的辣椒笨笨的,几乎上下一样粗,憨厚质朴;细的辣椒如我的柳叶眉,在下边还打了一个旋,好像自己为自己绾一个蝴蝶结。接下来,我成了给邻居送辣椒的小跑腿。家里的小竹篮、小筐子、簸箕、镆篓，全派上用场了。辣椒们各归其位。奶奶让我一次拿一个，我偏不，我头上顶一个，一手拎一个，在奶奶的夸赞声里起程了。

　　我是那样喜欢把自己家的东西送人。这个过程里，我得到最多的赞美与爱。我跌跌撞撞地走向老山婆家、胖娃家、井岸家，总是在路上就被人接过篮子，甚至还有人把我抱起来。他们叫着我的名字，一大堆赞美的话如春天的花瓣飘落在我身上。"小机灵，小乖妞！"槐树营的人不好意思叫"小美女"，他们从来不会这样直白地夸奖女性，他们看到你漂亮，就只会看你一眼，低下头去，低低地叫出你的名字。你的名字在他们嘴里软软的，甜甜的。然后他们会拿家里最好的东西给你。回来时，我的小竹篮里装满了红艳艳的指甲花，小筐里放着一个甜瓜，手里还有老山婆家的西瓜酱。后来读佛经，读到《大般涅槃经》第十五卷："所谓食饭、车乘、衣服、华香、床卧、舍宅、灯明。如是施时，心无系缚，不生贪著，必定回向阿耨多罗三藐三菩提。"不觉"呀"了一声。

　　因为我的嘴娇嫩，奶奶做辣椒总是格外细致，她会分辨辣椒的脾气。"粗粗大大的辣椒不太辣，像你爷爷一样，大胖子，总是好脾气；那又细又长的辣椒最辣，像你二婶一样，美人胚子，天生三分坏脾气。"奶奶边说边拣，总让我吃胖辣椒。

　　三十年前她去世时，我还在读大学一年级。她最不放心我的婚姻,拉着我的手说:"找丈夫要找好脾气的,你千万不能受气。""嗯,找个胖辣椒。"我俩心意相通,我一说,把她逗笑了。这是我最后一次看到她脸上的笑,慈爱,温柔。第二天,她就辞别尘世了。

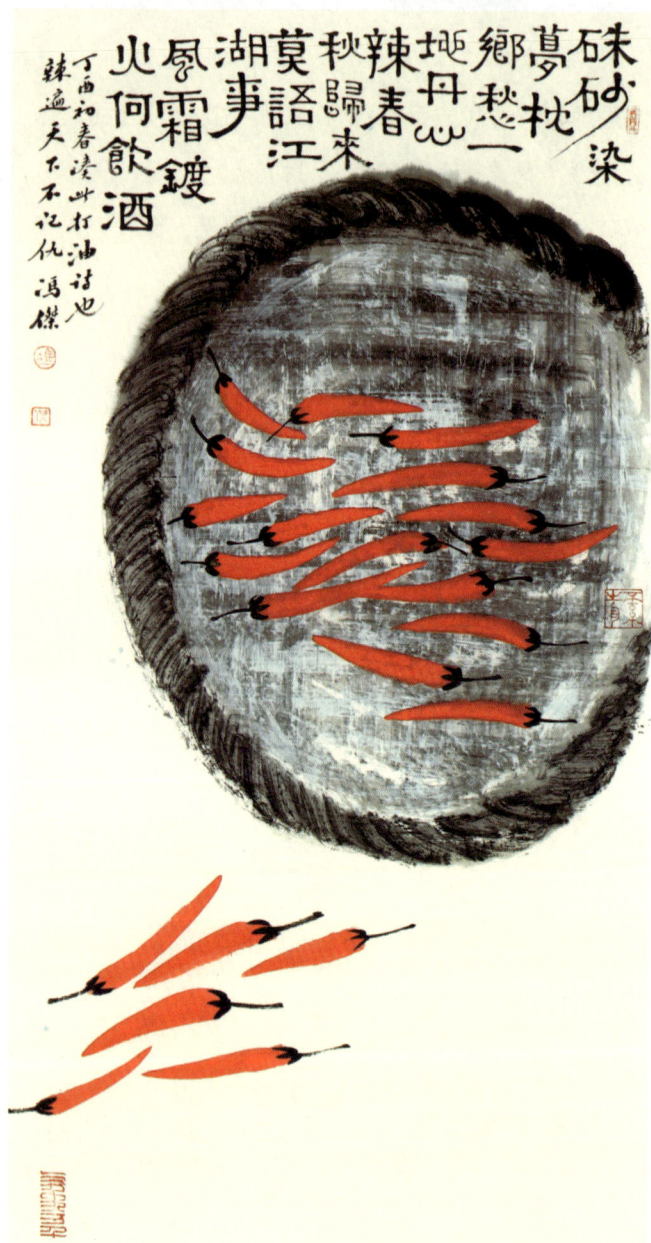

猫、蜡梅叶子和棉花

我们家的猫陪伴了我七年,已经相当于一小段快要发痒的婚姻,但我仍然喜欢她。她守着我,不远也不近,若即若离。如果我在写作,她会轻巧地走过来,脚步柔软,高高的尾巴竖起来,在我的腿上缠绕一下,然后又将头偏过来,挨近我的腿。我不论如何专注,都会放下手里的活,去抚摸她。她柔软而温暖,毛茸茸的,像团白棉花,但比棉花还要温热。有时候我看书,她会试探着走过来,用前爪试探性地搭一搭我,我如果默许,她就跳上来。一朵温暖洁白的莲花开在怀里,抱着她,只觉得长夜有灯,行脚有茶,心下甚感安慰。

让你抱着是对你的恩赐,如果再舔你就是爱你。猫有自己表达感情的方式。猫舌头是所有动物的舌头里最性感的,带有倒刺。她专注地舔你的手,手会发痒,心里也有忍不住的痒,想笑,又怕惊动了她。这奇特的触觉真是人间最奇妙的,你的一小块皮肤不再属于你,而是属于微笑,属于温情。

后来发现蜡梅叶子的表面也像猫舌头,有一层密密的倒刺,像蜡梅花幽幽的香味。这香味不媚态,有点清高,像人群里长着暗刺的人,与这个热闹繁华的主流社会保持着距离。我是在一个春天无意中发现蜡梅叶子有刺的。我喜欢蜡梅树,总有意无意地多看她两眼,看她新叶子出来了,就想去摸一下子,这一摸,让我永远记住了她。她像一只伸舌头的小绿猫,卧在春天的枝头,暗中准备拉住一个喜欢的人。

奶奶的纺车边有许多条猫尾巴——白的蓬松的棉条,顺从而沉默。在昏黄的灯光或者月光下,这些猫尾巴会发出嗡嗡咛咛的歌唱。小孩子喜欢模仿,我趁奶奶不在,在她的小凳子上坐下,偷偷捡起一截猫尾巴,摇动起纺车。纺车的声音断断续续,纺出来的棉线也时粗时细,最后终于断了。我一慌,把这半截猫尾巴迅速装进自己的口袋里,消除作案现场。这一整天,口袋里这团柔软而温暖的东西都让我心惊,奶奶高声叫我的小名,我的心就开始怦怦直跳。那团柔软的棉花膨胀得覆盖了我,我的脸涨得通红,随时准备接受奶奶的训斥。但这一天,训斥没有到来,是我虚惊一场。晚上睡觉时,奶奶从我口袋里摸出了半截棉条,但她只是笑笑。

哪一棵草模仿狼尾巴

十一长假去新县,遇到一场缠绵悱恻的秋雨,不能走远,只能在周围的山上瞎转。一种草抽出了穗子,枣红色,蓬松。我摸了一下,感觉像一条正在草丛里栖居的狼的尾巴,一惊,松开了。忍不住,又摸,那穗子已经没有植物的柔软、温顺与单调。这穗真的有动物的特性,强劲、锋芒毕露,甚至有点不驯服的意思。

秋风吹拂,这片荒草里闪出无数只小狼崽。它们顺着风的方向急急移动,尾巴高竖,像一面面摇动不已的旗帜。

我拽了几根,又采了几枝紫色的一年蓬,还有橘红可爱的杠板归,放在宾馆的水杯里,养在我的床头。

如月是个认草识花的女子,她在微信里也发了这种紫红花穗的草,名字叫"狼尾巴草"。哈哈,我的直觉真的对了,我不认识她时叫出来的名字,真的就是她的名字。我好像一个中彩票的人一样,高兴得蹦起来了。

含羞草长在院子的角落,像个过度敏感的女孩子。一阵大风、七星瓢虫、我的手指,都能让她马上合起那羽毛一样的叶子。她夹紧了肩膀,低下了头。最是那一低头的温柔,有水莲花一样的娇羞。如果徐志摩看到了,也会喜欢她。

我妹妹调皮,不停地摸含羞草。突然含羞草叶柄脱落,倔强地不合作,她生气了。奶奶呼喊着走过来,说:"不要乱摸含羞草,多摸就会掉头发。"妹妹一惊,慢慢后退,还下意识地伸手摸摸自己的头发。没有掉。

奶奶种含羞草是为了帮助判断天气。晚上她会摸一下含羞草,闭合的小叶子如果张开很快,说明明天天会下雨;如果张开缓慢,明天是个大晴天。屡试不爽。草木能预报天气,这在祖母那一辈是常识。在日本,含羞草还是地震预告员。容易害羞的人都是极端敏感的人,含羞草亦如是。地球内部隆隆作响,她已经感知到了。白天合上叶片,夜晚张开,她以反常的举动暗示人类,危险临近。

他胆小,特别怕针。有一年,他腰疼,我带他去针灸。一看见医生拿着亮闪闪的银针,他马上像个孩子般跑出门外:"我不扎针,我晕针。"像含羞草看到我的手指。

含羞草是草本植物,还有一种植物和她长得特别像,是木本,叫合欢树。她俩疑似近亲,叶子都是羽毛状,花呢,都是毛茸茸的,呈讨喜的粉红色。合欢树到了黄昏,都悄悄合了叶片,好像是要去睡觉了,乖觉得我见犹怜。

每每看到这两种植物,我都在琢磨,到底是含羞草模仿合欢树,还是合欢树模仿含羞草。这就像"到底是鸡先生蛋呢,还是蛋先变成鸡"的问题一样让人挠头。我是个不求甚解的人,这个世界总得有些谜,让你永远也猜不透。我不想了,还是听听她们的别名,读起来像诗歌一样:合欢花别称"夜合欢""夜合树""绒花树""鸟绒树""苦情花"等,而含羞草别称"感应草""知羞草""呼喝草""怕丑草""见笑草""夫妻草""害羞草"等。

合欢花味甘,性平,有舒郁、理气、安神、活络、养血、滋阴补肾、清心明目的功效;而含羞草味甘、涩,性凉,有宁心安神、清热解毒的功效。看来合欢适合让薛宝钗吃,含羞草适合让林黛玉吃。

白棉布上住着的春天

花草皆可染色。小时候,菜园子地里边全是指甲花,后来知道她也叫"凤仙花""小桃红"。有记载说此花是从波斯来的,古代埃及人用指甲花的叶子染红指甲,后来回族人仿效这个习惯,用指甲花染头发,还染马尾、马鬃和马蹄子。

槐树村像枚小石子,安静地蹲在南阳盆地的中间,南边就是伏牛山上流下来的湍河。我们村的人不染头发,只染指甲。红指甲伸出来,像五朵小花,寂静艳丽。

夏夜,黄昏的光摇摇欲坠。先去摘指甲花,刚刚开放的最好,揉碎,取明矾少许,敷在指甲上,用眉豆叶子包好,再用麻线缠定,过夜。早晨起床,十指橘红,指甲粉红。如是者二三,指甲色若胭脂,洗涤不去。这是儿童时代有关"染色"最美的记忆。

后来读书,只要遇上与草木染色有关的,我都格外留意。贾思勰的《齐民要术》里说,那时老百姓穿的衣服用的都是织布机织出来的粗布,想穿彩色服饰,要靠植物。栀子和黄栌可以染黄色,茜草可以染红色,要染蓝色就靠蓼蓝。其中,对于染织物步骤的记载格外详尽,大意是说,七八月割了蓼蓝,竖着置于坑中，灌水，然后用木块、石块压紧放置，夏天一天一夜就可以，如果秋凉，需要两天两夜。这时候，坑里的水乌蓝一片。过滤后，加少量石灰，急速搅动，使颜色沉淀。放几天后，像粥，靛蓝成了。汉代赵岐还写过《蓝赋》："余就医偃师，道经陈留。此境人皆以种蓝染绀为业。蓝田弥望，黍稷不植。"可见从开封到郑州，过去曾经广植蓼蓝呀。《诗经》里那个"终朝采蓝，不盈一襜"的女子，应该也是郑国的有情人。

南阳多种栀子和菊花，栀子果呈红黄色，皱巴巴的，奶奶都收集起来。生产队里收洋葱，一地洋葱皮，奶奶也收集起来。这两种东西都可以染布。我小时候穿的一件果绿小夏衫，是奶奶用栀子加蓼蓝一起染出来的，蓝色与黄色相加竟然得到果绿，我觉得像是变魔术。艾蒿也可以染布，纯艾蒿染出来的布是灰绿色，现在想想特别优雅，但那时觉得不够鲜艳。

我对色彩特别敏感，可惜没有成为画家。后来认识了一位画家，他是个特别有趣的人，喝剩下的咖啡，他舍不得扔，灵机一动，以它当颜料画石榴，竟然有不同的效果。窗外的桑葚熟了，他取几颗，直接画梅花，紫中带红，别有趣味。有一次，他还取了女朋友的一支口红来画桃花，真是风雅。

有一天，从商店里买得一个布包，象牙白，背着单调。正好走在波斯菊边，遂掐了一把各种颜色的波斯菊，放在布包一角，回家垫上纱布，用擀饺子皮的擀面杖在上面轻轻捶打。十几分钟后,即看到几朵波斯菊已经站在我的布包上,最可爱的那些细碎的、像剪纸一样的叶片,也在我的布包上飘荡着。画家朋友看了我的包,指点说:"还要加石榴水固色,否则洗后就会淡。"我的另一个蓝色布包被画家拿去试验,一个多月后,他把布包还我。打开后我吃了一惊,九朵红梅花燃烧在宝蓝的天空上,他用画笔加了梅枝,完美得令人窒息。他说先用梅花拓了,再用红颜料补充了,这是自然与人一起合作的画。这样散发着花朵馨香的包我怎么可能舍得背,一红一蓝的包被珍藏在柜子里。我想,等到有一天,我去森林或者草原旅行的时候,穿上我飘然的长裙子,一定要配上这世界上独一无二的包,也许草原上再蹿出一朵花来呢。

  好多植物都能染色,比如茜草、红花、苏枋可以染红色,荩草、栀子、姜金和槐米可以染黄色,皂斗和乌桕可以染黑色,等等。某年,在热海附近的餐馆,金黄的米饭放在托盘里端上来,颜色明艳得让人微微有些错愕,询问之下才知道是栀子果染的。这碗黄灿灿的米饭,在我的记忆中从此有了牢固的地位。草木各有颜色,像人各有个性,细细了解实在有趣得紧。一般人穿的黄色可以用黄栌、栀子、姜黄等染,但皇帝用的黄色可是仔细得很,必须用中药里的地黄根制作,方法是用碓捣地黄根,令之熟,再用草木灰汁和之。草木灰是用柞木、桑木和蒿草烧成的灰,这地黄要反复捣,最后完全溶化在汁中。染绢时，先将生绢放在提取的地黄汁中煮熟，再在头道汁液里染色。大约三升地黄根可染一匹御黄绢，加入明矾，色泽会更加明亮。皇帝的诏书要用黄檗来染，这样的黄纸不仅不易虫蛀霉烂，而且有股特殊的清香味。如果写错了，用矿物质雌黄涂了之后，皇帝还可以在上面改写。臣子们替皇帝想得真周到呀。

儿时，祖母的床边有一架纺车。棉条如猫尾巴，在竹篮子里卧着；纺车响起来，白白的、蓬松的猫尾巴吐出细细的、均匀的棉线，线穗子渐渐粗起来了，像是大白猫怀孕了。等大竹筐里的线穗子满了，奶奶先把棉线放在锅里蒸一蒸，然后把干了的蓼蓝浸进石灰水里，放两天，再把一挂挂蒸好的棉线放进去，用石头压上。两天两夜后，取出棉线，晾干。我跟在后面跑来跑去，蓝色的汁液滴在手上，手背立即变蓝了。蓼蓝的外表很正常，隐居于草木之中，谁也看不出她竟然能染布染线。她身上有神秘的紫色，这紫色顺着叶脉汩汩流向茎根。这紫色也许才是蓼蓝的精华。这就是植物里神秘的靛蓝。后来人类模仿它，用化学物质轻而易举取代了自然原色。

那时东屋里有一架庞大的织布机，母亲回到娘家，包一放下就去织布，一个晚上，就可以织出一匹布，用的是奶奶一个冬天纺的线。织布机在晚上哐哐地响起来，月亮震得爬上了屋顶，风在窗外摇动着黑夜。我要坐在灯下陪祖母，不肯睡，但哐哐的单调的机器声真的催眠，过不了多长时间，我感到自己被人抱着送到床上，在暖暖的被子里沉入梦乡。两个月过去，一条条两尺宽的彩色布已经变成床单铺在床上，散发着一股草木的芳香。我兴奋地在新床单上翻跟头，不小心栽到地板上了，"咚"的一声，溅起屋子里大人们的笑声。

此刻，春天在窗外哗啦啦地响着，一分钟，树叶子就不一样了，花也不一样了，人没有什么新意，只是眉眼又旧了一些。今年，我早早买好了一匹白棉布，迎春开时，印上一朵迎春，结香开时，印一朵结香，接下来是杏花、玉兰、梨花、桃花、海棠……每每摘下几朵花，在布上轻轻捶打，就感到这样春天好像就不会逃走，花朵也不会凋谢。等到暮春，花朵都集中在白布上，等于把这个多风的春天收藏起来了。

后 记

写完《王屋山居手记》的最后一个字,已经到了己亥春天的惊蛰日。早晨到湖边散步,但见柳眼初萌,岸边的杏花开出了第一朵。万物如新,世界好像重新开始。我离开王屋山一年有余矣。

自壬辰年至丙申年,屈指算来,我在王屋山下已然五年。王屋山在后,黄河在前,依山而居,临河听船。我和野外徒步小分队的伙伴们走遍了王屋山的每一条山谷。花晨月夕,一期一会,我尝过卫佛安村的西瓜,喝过青萝河的水,闻过悠然草堂山谷里文冠果花的香气,在无人的寺院里看过暮色如何从淡青转为乌蓝,在山谷里哼唱过相思的小曲……

山是主人,我是过客。年与时驰,形容清减,意与日去,遂成枯落。而王屋山仍然昂昂挺立,不老泉水日日夜夜,清清淙淙,无休无止。济渎庙、盘古寺、大明寺……阳台宫里的古树抱朴守真,不增不减,几百年也没有变化。日日与山寺相对,我如唐代的王维一样,奔走在辋川与长安之间,心意清淡。虽然不像王屋山那些隐士一样,"闷与渔樵谈话,闲时汲水烹茶,药炉经卷老生涯。引清风栽竹子，锄明月种梅花，锁心猿收意马"，但也收获了宁静。闲居无聊，偶作痴语，几年下来，也成册子。自去年离开王屋山后，日日埋头整理，好像再次回到那些山谷里……

　　感谢元伟、利军，以及野外小分队的伙伴们；一草一木，亲如故人，感谢那沉沉寂静的山峦与古木，你们赠予我的，我受用不尽，写下来的，也是只鳞半爪，略表心意，以此抵对永别之憾。也要谢谢曹元勇先生对此书的欣赏与推荐，谢谢艾云老师拨冗给我写序。最后还要感谢王屋山，我终将在尘世消失，而他永故永在，替我继续与古木相伴，与明月交谈……

己亥惊蛰日于竹影居

图书在版编目(CIP)数据

王屋山居手记 / 青青著. —杭州：浙江文艺出版社，2021.6
ISBN 978-7-5339-6404-7

Ⅰ.①王… Ⅱ.①青… Ⅲ.①散文集－中国－当代 Ⅳ.①I267

中国版本图书馆 CIP 数据核字（2021）第 021373 号

策划统筹	曹元勇
责任编辑	易肖奇
营销编辑	眭静静　张赟喆
责任印制	吴春娟
装帧设计	周伟伟
封面题字	冯　杰
内文插画	冯　杰

王屋山居手记
青青　著

出版发行	浙江文艺出版社
地　　址	杭州市体育场路 347 号
邮　　编	310006
电　　话	0571-85176953（总编办）
	0571-85152727（市场部）
印　　刷	浙江新华印刷技术有限公司
开　　本	880 毫米×1230 毫米　1/32
字　　数	180 千字
印　　张	10.5
版　　次	2021 年 6 月第 1 版
印　　次	2021 年 6 月第 1 次印刷
书　　号	ISBN 978-7-5339-6404-7
定　　价	69.00 元

版权所有　侵权必究

（如有印装质量问题，影响阅读，请与市场部联系调换）

一本书打开一个世界

欢迎订购、合作
订购电话：0571-85153371
服务热线：0571-85152727

KEY-可以文化

浙江文艺出版社

天猫旗舰店

关注 KEY-可以文化、浙江文艺出版社公众号，
及浙江文艺出版社天猫旗舰店，随时获取最新图书资讯，
享受最优购书福利以及意想不到的作家惊喜